民国时期
关于安重根、李奉昌、尹奉吉

孙科志 编著

复旦大学出版社

序

进入近代以后，与中国一样，韩国①也不断遭到外部势力的入侵。特别是进入到20世纪以后，外部势力的入侵严重威胁了韩国的主权和独立，面临着民族危亡的严重局面。为了救亡图存，韩国社会各界开展了各种形式的抗争，这种抗争在日本吞并韩国之后不但没有平息，反而日趋激烈，直到日本的殖民统治结束，获得民族的独立。在韩国人民争取国家独立和民族自由的斗争中，涌现出了无数仁人志士，其中最著名的人物当属安重根、李奉昌和尹奉吉三位义士。

1905年11月，日本强迫韩国政府签订《第二次日韩协约》即《乙巳保护条约》，夺取了韩国的外交权，将韩国变成了自己的保护国。《乙巳保护条约》签订时就遭到了无数韩国志士的反对，赵秉世、闵泳焕、洪晚植等先后殉国，大批民众也走上街头集会演说，痛斥日本的侵略行径。虽然韩国民众的反对并没能改变韩国沦为保护国的既成事实，但却显示了韩国民众追求国家独立的不屈精神，也激励后来者为争取国家的独立而奋斗。此后，韩国志士为了拯救濒于危亡的祖国而奔走，安重根就是其中的一员。为了探寻救亡之路，安重根远赴上海联络当地韩人，后又在中韩边境地带领导义兵抵抗日本的侵略，最后决定暗杀日本侵略韩国的元凶伊藤博文。1909年10月，日本枢

---

① 民国时期，中国媒体在指称朝鲜半岛时，“韩国”“朝鲜”“高丽”等概念相互混用。为行文便利，除专有名词和原文外，本书统一使用“韩国”指称民国时期的整个朝鲜半岛。

密院议长、原朝鲜统监伊藤博文前往哈尔滨，准备与俄罗斯财政大臣就日俄关系举行会谈。26日，伊藤博文乘坐的列车抵达哈尔滨火车站，然而一走下火车就被安重根击毙于站台之上，安重根也当场被拘捕，后被关押于关东都督府监狱署即旅顺监狱，翌年3月26日从容就义。

李奉昌祖居韩国京畿道水原郡，后举家迁至汉城（今首尔）龙山，李奉昌就出生于此地。幼年时曾就读于文昌小学，小学毕业后就被迫辍学，在龙山一家日人商店为佣，饱受日人的欺压，成年后更目睹日本残酷的殖民统治给韩国人民造成的苦难，遂将追求祖国独立和民族解放作为自己的理想。在当时严酷的现实中，李奉昌虽不断迁徙，从韩国到日本各地，但时刻都没有忘记自己的理想。1931年1月，李奉昌从日本来到海外韩国独立运动的重镇即大韩民国临时政府所在地上海，在这里结识了当时担任大韩民国临时政府国务领的金九，加入了其领导的韩人爱国团，并同其一起策划了狙击日本天皇的计划。1931年12月，李奉昌秘密携带炸弹从上海出发前往日本。1932年1月8日，日本天皇裕仁在东京代代木练兵场参加完阅兵后返回途中，李奉昌向其乘坐的马车投掷了炸弹，但却只击中了裕仁天皇后面的马车，导致一名卫兵受伤，李奉昌被逮捕，后被日本人杀害。

李奉昌义举仅仅过去三个多月，1932年4月29日，尹奉吉在上海虹口公园（今鲁迅公园）向日本天长节庆祝仪式的检阅台投掷炸弹，炸死、炸伤日本侵华军政要人白川义则、植田谦吉、重光葵等多人，震惊了世界，导致日本犬养毅内阁垮台。

尹奉吉出生于韩国忠清南道礼山郡，自幼聪慧过人，有神童之誉。尹奉吉幼时随祖父读书，因日本实行殖民教育，故仅在当时的小学校学习一年就退学，后在汉学者李光云的私塾中读书。成年后尹奉吉组织自进会，开办夜校，在乡村社会进行启蒙教育，向学生和乡村民众宣传抵抗日本殖民统治的思想，为此受到日本殖民者的监视。在这种情况下，尹奉吉决定离开日本殖民统治下的韩国而前往上海，直接投身于争取祖国独立和民族解放的斗争中去，于是便于 1930 年动身前往上海。在经历艰难曲折后，尹奉吉终于到达了上海，在这里与金九相识，加入了韩人爱国团。“一・二八事变”后，在得知日本将在虹口公园举行天长节庆祝活动后，尹奉吉主动要求潜入虹口公园，狙杀参加庆祝仪式的日本侵华军政要人，于是便发生了前述的一幕。炸弹爆炸后，尹奉吉当场被日军拘捕，先是被关押在虹口的日军宪兵司令部，后被押送至日本，同年 12 月 19 日在日本金泽英勇就义。

从空间来说，安重根刺杀伊藤博文发生在中国的哈尔滨，李奉昌狙击日本天皇虽然发生在日本东京，但整个计划的策划却是在中国的上海进行的，而尹奉吉狙杀日本侵华军政要人就发生在上海。再从时机上来看，安重根义举发生在帝国主义加紧侵略中国、国内的革命浪潮风起云涌之际，李奉昌义举则是发生在“九一八事变”后日本加快侵略中国的步伐之时，而尹奉吉义举则发生在日本帝国主义发动“一・二八事变”后中日停战谈判期间。安重根、李奉昌和尹奉吉三位义士的义举都是发生在中华民族处于危急关头之时，也正是中国社会需要有英雄人物挺身而出之时，因此三位义士的义举最能引起中国人的共鸣，特别是那些知识分子的共鸣。正因如此，在义举发生后，不仅中国的媒体对他们的义举进行了全面、深入的报道，而且中国知识分子或发表评论，或为之立传，或作诗撰文，高度评价他们的英勇行为和爱国主义精神，希望中国在反对帝国主义侵略过程中也能涌现出这样的英雄人物。在报纸的广泛报道和这些诗文的传诵中，安重根、李奉昌和尹奉吉可以说成了民国时期家喻户晓的人物，甚至可以说是成为爱国的象征。

这些曾在中国长期被传诵的诗文由于各种原因湮没在故纸堆

中，不大为人所注意，即便有所关注，也很难接近。随着数字技术的不断发展，接触这些诗文不再是太难的事情，于是开始有学人关注这些躺在故纸堆中的文献。1994 年韩国学者金宇钟、崔书勉主编了《安重根 论文·传记·资料》，主要收录安重根的自传《安应七历史》和朴殷植的《安重根》以及安重根审讯记录，收录资料的范围非常有限。[①] 1999 年韩国学者尹炳奭编著了《安重根全集》，收录了朴殷植所著的《安重根》和程淯编著的《安重根》，但对散在各处的安重根相关诗文却未予收录。[②] 2011 年尹炳奭译注的《安重根传记》出版，收录了广东梅县（今梅州市梅县区）叶天倪所著的《安重根传》和白山逋民所著的《三韩义军参谋中将安重根传》。[③] 王元周在其所著《小中华意识的嬗变：近代中韩关系的思想史研究》中也曾谈及有关安重根的著述，书中所涉及的诗文大多为朴殷植所著的《安重根》和程淯编著的《安重根》中收录的诗文。[④] 安重根义举之后，中国先后出现了三部安重根传记的单行本，即前文提及的朴殷植的《安重根》、程淯的《安重根》和叶天倪的《安重根传》，这三部单行本的安重根传记都收录了歌咏安重根的诗文，只不过朴殷植的《安重根》所收诗文与程淯的《安重根》所收诗文虽有重叠，但并不完全相同，而叶天倪的《安重根传》收录的诗文均见于前二者之中。除了上述三部安重根传记的单行本外，1934 年浙江鄞县（今宁波市鄞州区）县立中山民众教育馆印发了五百本的《安重根演义》[⑤]，只是目前未能找到这部《安重根演义》，其内容亦不得而知。虽然朴殷植的《安重根》和程淯的《安

① 参见[韩] 金宇钟、崔书勉主编：《安重根 论文·传记·资料》，辽宁民族出版社，1994 年。

② 参见[韩] 尹炳奭编著：《安重根全集》，（韩国）首尔：国家报勋处，1999 年。

③ 参见[韩] 尹炳奭译注：《安重根传记》，（韩国）首尔：国学资料院，2011 年。

④ 参见王元周：《小中华意识的嬗变：近代中韩关系的思想史研究》，民族出版社，2013 年，第 335—347 页。

⑤ 鄞县县政府编：《二十四年度鄞县教育年刊》，1935 年，第 26 页。

重根》都收录了不少有关安重根的诗文，然而散见于当时报纸杂志、相关著述和个人文集，甚至于地方志中的相关诗文更多，从撰写的时间上来看，自安重根义举发生后一直延续到民国末期，持续长达数十年。对于这一庞大的珍贵文献，无论是中国学界还是韩国学界都没有进行系统的整理。

李奉昌义举和尹奉吉义举之后，韩人爱国团在 1932 年 12 月发行了《屠倭实记》一书，收录有李奉昌和尹奉吉的小传，此外还收录了上海发行的英文报纸如《大陆报》《字林西报》《大美晚报》《密勒氏评论报》等的评论，并没有收录中国报纸杂志所登载的评论和相关诗文。[①] 尹奉吉义举一年后，曾与尹奉吉一同生活过的金光编著了《尹奉吉传》，该书除了尹奉吉传记之外还收录了《屠倭实记》中所收报纸的评论，但也未收录中国报纸杂志的评论和相关诗文。2012 年韩国的《梅轩尹奉吉全集》编纂委员会编辑出版了八卷本的《梅轩尹奉吉全集》，其中第三卷收录了《时事新报》《时报》《申报》《中央日报》《大公报》等报纸的报道，也收录了《东方杂志》《红色中华》《时代公论》等杂志所刊载的评论和诗文，然而仍有大量相关诗文并未被收录。与歌咏安重根的诗文一样，歌咏李奉昌、尹奉吉的诗文不仅见于当时的报纸杂志，也见于当时的相关著述和个人文集之中，甚至一些中小学生的教科书和阅读材料中也能见到相关诗文，这些诗文同样没有得到系统的整理。

正如前文所述，安重根、李奉昌和尹奉吉是韩国独立运动史上最杰出的代表，同时也是近代中国人所钦佩的英雄人物，成为中国知识分子争相歌咏的对象，因而也就留下了大量相关的诗文。编著者在这些诗文中选取诗词歌赋类加以整理，在整理过程中特别重视对这

---

① 参见《屠倭实记》，韩人爱国团发行，1932 年 12 月。

些诗词歌赋作者的确认和考证。由于很多诗词歌赋是以作者的字号或笔名发表的，这给确认工作带来了不小的困难。也许正因为这种原因，前述著述在介绍这些诗词歌赋时，仅介绍了部分作者，对大部分作者却没有进行确认和介绍，已经介绍的作者的简历中也不乏错误之处。编著者在整理这些诗词歌赋时花费了大量的精力对其作者一一进行确认，对其生平进行详细考证，特别重视这些诗文作者们与韩国志士的关系和其所著其他与韩国相关诗文。在这些工作的基础上，编著者将这些诗词歌赋编著成书，以此纪念安重根、李奉昌和尹奉吉三位为追求国家独立和民族解放而奋斗的志士。

这本小书得以出版，得到了复旦大学历史学系世界史各位教师同事的鼎力支持，复旦大学研究生院也给予了大力支持，正是他们的鼓励与支持才使这本书得以和读者见面。值此书面世之际，向各位给予鼓励和支持的老师表示衷心的感谢。此外，复旦大学历史学系博士生张培利用暑假帮助查找了部分诗文作者的相关资料，在此向她表示感谢。还应该感谢复旦大学出版社慨允出版此书，责任编辑关春巧老师为此书的出版付出了汗水和努力，在此也表示衷心感谢。其实要感谢的人太多，在此就不一一罗列了。最后希望此书的出版能为构建更加美好的中韩关系尽一点力。

编著者　2023 年 12 月于沪滨

编著说明

1. 本书所收诗词歌赋选自当时的报纸杂志、相关著述、诗集、文集以及地方志。

2. 本书分安重根篇、李奉昌篇和尹奉吉篇，对于同时歌咏安重根和尹奉吉的作品收录于安重根篇，尹奉吉篇则不重复收录。

3. 作品按撰写时间排序，若无法确定撰写时间则以发表或刊载时间为准。对于今人整理书籍中的相关诗作，则考虑作者的在世年份予以排序。若诗作所刊期刊只有年、月而无日期，则排在同年同月类诗作之最后。

4. 有些作品刊载在不同的报刊或书籍中，若两者内容相同，则只收录一篇，若两者内容有差异，则同时收录。

5. 在作品刊发时，有些诗歌的作者是以字或号署名，其真实身份难以确认，有待今后进一步考证，故标以“作者待考”；一些诗歌的作者虽署以姓名，因年代久远，其生平信息难以查找，故标以“生平不详”。

6. 作品原有的序和注一并收录。

目　录

安重根篇

李奉昌篇

尹奉吉篇

安重根篇

无题

佚名

万里征途送客行，孤城分手泪纵横。

且听抨击松江上，还有流亡主旧盟。

*载于王寒生所著之《战血》，汉口：一般文化出版社，1936年5月。

据《战血》一书，此绝句乃是安重根的盟友在与其分别时所赠，则此诗当作于1909年10月安重根义举之前，然此盟友究为何人则不得而知。

*作者待考。

吊伊藤

笑

三韩死士气如虹，一弹倾此矍烁翁。

惹得蜻洲怀抱恶，苍生妓女哭相公。

* 刊于《时报》(上海)1909年10月29日第3版。

此诗虽题名为《吊伊藤》，但却是歌咏安重根刺杀伊藤博文，以报国仇。诗中的“蜻洲”乃中国古籍中对日本的称谓。

* 作者待考。

赋得韩亡子房奋　为安重根作也

去病

概昔三韩地，于今一日休。

俄然来大侠，犹解报深仇。

博浪椎重奋，辒辌血迸流。

翻怜寂寞士，难斩郅支头。

* 初刊于《民吁报》1909 年 10 月 31 日第 10 版，复刊于《南社》第 4 集，民立报社，1911 年，署名陈去病。柳亚子主编的《南社诗集》第四册也收录有此诗，见《南社诗集》第四册，中学生书局，1936 年。

* 去病，指陈去病。陈去病（1874—1933），原名庆林，字佩忍，又字巢南、病倩，别号垂虹亭长，有季子、醒狮等笔名，江苏吴江人。7 岁入私塾，22 岁中秀才。后赴日本留学，归国后加入光复会、同盟会，积极参加革命活动。曾任教于苏州苏苏女学、镇江承志中学等。民国后曾参加“二次革命”、护国运动，1918 年随孙中山南下护法，任非常国会和参议院秘书长。护法运动失败后，任教于东南大学，从事学术研究，著有《浩歌堂诗钞》《巢南文集》，并有《陈去病全集》存世。

刺伊藤

谪星

怨在心，仇在骨，是何狗彘入吾室？
国为之亡，家为灭，使我男为臣，女为妾。
此仇不报不用生，皇天后土鉴此诚。
荆轲匕首渐离筑，一击不成千载哭。
不及此君好身手，手屠仇人若屠狗。
一丸飞出正当心，一声霹雳天下惊。
嗟哉尔国亿万民，后子而起知有人。
君不见齐人伐燕燕已亡，一朝报齐怨，七十二城相继降。
但愿尔曹为乐毅，为昭王。
君不见始皇昔灭无罪楚，一朝复秦仇，火赭咸阳作焦土。
但愿尔曹为范增，为项羽，不愿尔曹刺岑彭，刺来歙。
敌来益多防益密，十道河山不得收。
杀一老兵何足说，对君一长拜，范君以黄金。
作诗不独伟君志，愿激中原未死心。

原注：此阳湖钱君梦鲸所作之新乐府也，侠迦自京都邮寄，读之击节至反复吟诵，不能自已，杭堇浦所谓惊心动魄一字千金者也。悲庵记。

* 刊于《砭群丛报》第4期，宣统元年（1909）十一月上旬。此诗复刊于《益世报（北京）》1932年3月7日第9版，署名钱名山，因与原

诗略有不同，故亦予收录。

* 谪星，指钱名山。钱名山(1875—1944)，名振锽，字梦鲸，号谪星，一署星影庐主人，后号名山，江苏常州人，著名诗人和书法家，江南大儒。自幼聪慧，16岁应试即中秀才，19岁中举人。1903年中进士，授翰林院编修，官至刑部主事。宣统元年(1909)辞官归乡，在常州东门外开办书院"寄园"，培养了大批书画诗词方面的泰斗，如谢玉岑、谢稚柳、马万里等。晚年寓居沪上，别署海上羞客，著有《名山集》《名山诗集》等。

刺伊藤

钱名山

怨在心，仇在骨，是何狗彘来入吾室?

国为之亡，家为之灭，使我男为臣女为妾，

此仇不报不用生，皇天后土鉴此诚。

荆轲匕首渐离筑，一击不成千载哭。

不及此君好身手，手屠仇人若屠狗。

一丸飞出正当心，四海同声快倾酒。

嗟哉尔国亿万民，后子而起知有人。

君不见，齐人伐燕燕已亡，一朝报齐怨。

七十二城相继降，但愿尔曹为乐毅，为昭王。

君不见，始皇昔灭无罪楚，一朝复秦仇，火赭咸阳作灰土，

但愿尔曹为范增，为项羽。

不愿尔曹刺彭岑，刺来歙。

敌来益多防益密，八道河山不得收。

杀一老兵何足说，对君一长拜，范君以黄金。

作诗不独伟君志，愿激中原壮士心!

* 刊于《益世报(北京)》1932 年 3 月 7 日第 9 版。

此诗作虽刊于 1932 年，但作于 1909 年，与署名谪星的诗作略有不同，实为同一首诗。

* 作者简介见第 7 页。

感韩人安重根事，次道非《见怀》诗韵

高旭

记取韩亡壮士规，物伤其类动狐悲。
那堪郁郁常居住，况复迢迢怅别离。
鳌掷鲸呿何日了，龙吟虎跳此才奇。
皈依荆聂无他愿，一剑能当十万师。

* 刊于《南社》第1集，1909年12月，《未济庐诗集》，署名云间高旭钝剑。

* 高旭(1877—1925)，字天梅，初号江南快剑，继号钝剑，笔名有秦风、寿黄等，江苏金山(今属上海)人。1904年留学日本，肄业于东京法政大学。在日期间，结识孙中山，加入同盟会，任同盟会江苏分会会长。1905年主办《醒狮》杂志，宣传民族革命。次年回国，在上海法租界八仙桥设立秘密机关部以联络同志。创办健行中学，请陈去病、柳亚子等任教师，培养革命青年，该校被时人称为上海第二爱国学校。1909年与陈去病、柳亚子等人成立南社。辛亥革命后任金山军政分府司法长，不久当选众议院议员。著有《天梅遗集》等。

感安重根事和钝剑韵

俞锷剑华

国破犹余壮士规，韩终不复剧堪悲！
留城借箸无刘季，燕市和歌有渐离。
尽日书空成底事？ 三年饥走未探奇。
一椎酬得剸蛟志，自是平生最欲师。

* 载于柳亚子主编：《南社诗集》第2册，开华书局，1936年，第361页。

此诗是余锷与高旭之诗的酬唱之作，故创作时间当与其相同，均为1909年12月。

* 俞锷剑华，指俞锷。俞锷(1887—1936)，原名俞侧，字则人，后字剑华，江苏太仓人。1902年留学日本，在日本加入同盟会。1906年归国后，在上海《民国时报》、北京《民国新闻》等处从事编辑工作。1909年组织参加南社，研究文学，鼓吹革命，与高旭(钝剑)、潘飞声(剑士)、傅屯艮(君剑)并称“南社四剑”。1912年曾任临时政府秘书。1918年后历任福建省图书馆馆长、教育局局长等职。1936年病逝。著有《翩鸿记传奇》《荒冢奇书》《剑华集》等。

秋风断藤曲

梁启超

秋笳吹落关山月，驿路青磷照红雪。
大国痛归先轸元，遗民泣溅威公血。
遗民哀哀箕子孙，筚辂褴褛开三韩。
避世已忘秦甲子，右文还见汉衣冠。
鲲鳍激波海若走，四方美人东马首。
汉阳诸姬无二三，胸中云梦吞八九。
其时海上三神山，剑仙畸客时往还。
陈抟初醒千年梦，陶侃难偷一日闲。
中有一仙擅猃变，术如赤松学曼倩。
移得瑶池灵草来，种将东海桑田遍。
楼台弹指已庄严，年少如卿固不廉。
脱颖锥宁安旧囊，发硎刀拟试新铦。
鸣呼箕子帝左右，听庳不恤充如褎。
天外愁云尽楚歌，帐中乐事犹醇酒。
偪阳自幸僻在我，虞公更恃晋吾宗。
谓将牺玉待二境，岂有雀角穿重墉。
频年一掷斗晋楚，两姑之间难为妇。
宁闻鹬蚌利渔人，空余鱼肉荐刀俎。
大鸡铩冠小鸡雄，追啄虫蚁如转蓬。

事去已夷陈九县，名高还拥翼诸宗。
北门沉沉扃严钥，卧榻宁容鼾声作。
赵质方留太子丹，许疆旋戍公孙获。
皤皤国老定远侯，东方千骑来上头。
腰悬相印作都统，手挎雕虎接飞猱。
狙公赋茅恩高厚，督我如父煦如母。
谁言兖树靡西柯，坐见齐封作东亩。
我泽如春彼黍离，新亭风景使人疑。
人民城郭犹今日，文武衣冠异昔时。
笑啼不敢奈何帝，问客何能寡人祭。
秦庭未返申子车，汉宫先拥上皇彗。
十万城中旭日旗，最怜沉醉太平时。
蔡人呼舞迎裴度，宛马骎驰狎贰师。
不识时务谁家子，乃学范文祈速死。
万里穷追豫让桥，千金深袭夫人匕。
黄沙卷地风怒号，黑龙江外雪如刀。
流血五步大事毕，狂笑一声山月高。
前路马声寒特特，天边望气皆成墨。
阁门已失武元衡，博浪始惊沧海客。
万人攒首看荆卿，从容对簿如平生。
男儿死耳安足道，国耻未雪名何成。
独漉独漉水深浊，似水年年恨相续。
咄哉勿谓秦无人，行矣应知蜂有毒。
盖世功名老国殇，冥冥风雨送归樯。
九重撤乐宾襄老，士女空闾哭武乡。

千秋恩怨谁能讼，两贤各有泰山重。
尘路思承晏子鞭，芳邻拟穴要离冢。
一曲悲歌动鬼神，殷殷霜叶照黄昏。
侧身西望泪如雨，空见危楼袖手人。

* 刊于《国风报》第1卷第1期，宣统二年(1910)正月十一日，署名沧江。朴殷植编著之《安重根》(大同编辑局，1914年，附录)亦收录此诗。此诗还收录于《饮冰室文集·四十五》下(中华书局，1936年)。

* 梁启超(1873—1929)，字卓如，一字任甫，号任公，又号饮冰室主人、饮冰子、哀时客、中国之新民、自由斋主人，广东新会人，中国近代思想家、政治家、教育家、史学家、文学家。幼年时从师学习，17岁中举，后从师于康有为，成为资产阶级改良派的宣传家。维新变法前，与康有为一起联合各省举人发动“公车上书”运动。戊戌变法失败后，与康有为一起流亡日本。长期关注韩国问题，早在1904年就在《新民丛报》上发表《朝鲜亡国史略》，此后又发表《朝鲜灭亡之原因》《日本吞并朝鲜记》等多篇著述。辛亥革命后一度出任袁世凯政府的司法总长，1929年病逝于北京。著作被合编为《饮冰室合集》。

哀朝鲜

丁傅靖

海上腥风一刹那，并包百济卷新罗。
孤他烈士干将气，唱到先王麦秀歌。
斥堠无烽移庙社，夕阳有泪洒山河。
遗臣更比包胥痛，难得秦廷一哭过。

千年屏翰蔽东垂，倚汉如天礼未衰。
服楚小侯非得已，帝秦危局本难支。
竟违玉马朝天愿，凄绝珠貂入贡时。
但祝中朝生卫霍，终当横海耀旌旗。

* 刊于《南洋官报》第118期，1910年8月29日。此诗亦曾刊载于《黄报》(北京)1922年4月28日第4版，题为《闻朝鲜近事》，署名为丁傅靖闇公。两者内容有差异，故一并收录，虽刊发时间先后不同，然应属同一诗作。

* 丁傅靖(1870—1930)，江苏丹徒人，字修甫，一字岱思，号湘舲、闇公，别署沧桑词客、贪瞋痴阿罗汉，自号招隐行脚僧，近代藏书家，学者。光绪副贡，为纂修。民国后，寓居天津。以书法知名，偏好清代书法家吴縠人的行书，但又有所创新，对诗文、传奇也有研究。著述甚丰，有《闇公诗存》《秋华堂诗文》《四库全书人名韵编》《明事杂咏》《霜天碧》等。

闻朝鲜近事

丁傅靖闇公

海上腥风一刹那，并包百济卷新罗。
空余轵里干将气，重唱殷墟麦秀歌。
斥堠无烽移庙社，夕阳有泪洒山河。
遗臣不少包胥志，难得秦廷一哭过。
“轵里干将”谓安重根也。

千年屏翰蔽东垂，倚汉如天意未衰。
服楚小侯非得已，帝秦危局本难支。
竟违玉马朝天愿，凄绝珠貂入贡时。
但祝中朝生卫霍，终当横海耀旌旗。

* 刊于《黄报》(北京)1922 年 4 月 28 日第 4 版。

* 作者介绍见第 14 页。

朝鲜哀辞　五律二十四首之十八

梁启超

三韩众十兆，吾见两男儿。
殉卫肝应纳，椎秦气不衰。
山河枯泪眼，风雨闷灵旗。
精卫千年恨，沉沉更语谁。

韩亡之前一年，韩义民安重根狙击前统监伊藤博文于哈尔滨，毙之，旋被逮，从容就死。韩亡后三日，忠清南道金山郡守洪奭源仰药死。

* 刊于《国风报》第1卷第21期，宣统二年(1910)八月二十一日，署名沧江。亦收录于《饮冰室文集·四十五》下(中华书局，1936年)。

此处所记洪奭源有误，韩亡后仰药死的是忠清南道锦山郡郡守洪范植，而非洪奭源。

* 作者介绍见第13页。

哀朝鲜

北

晴空霹雳出安生，百尺藤摧薄海惊。
自是群公工卖国，燕亡从不罪荆卿。

* 刊于《申报》(上海)1910年9月28日第12版。

* 作者待考。

吊朝鲜侠士安奉节

硕甫

荆卿报国仇，一死功无成。
遥遥千载下，乃今得安生。
名邦索礼让，百城不备兵。
雌伏非一朝，震耳忘雷霆。
岂知被追胁，巢覆卵先倾。
土宇已不属，君长犹虚名。
转侧无生理，万众徒匍行。
元勋代国柄，意向由纵横。
死我皆此獠，刀剑为不平。
西风扑车轮，决眦流杀声。
勿复侮亡国，烈士须臾情。

* 刊于《帝国日报》(北京)1910 年 10 月 11 日第 7 版，另梁焕奎的《青郊诗存》中收录有《吊朝鲜侠士安重根》一诗，与此诗内容分毫不差，故此诗应为梁焕奎所作，见《青郊诗存》卷四(民国元年梁焕均长沙刻本)。除此诗外，梁焕奎尚有《闻日韩合并作》的诗作，刊于《帝国日报》1910 年 10 月 11 日第 7 版，署名亦为硕甫。

* 硕甫，指梁焕奎。梁焕奎(1868—1931)，字璧垣，亦作辟园，号星甫，又号硕甫，晚号青郊居士，湖南湘潭人，光绪年间举人。因受维

新思潮影响，致力于发展湖南矿业。1903 年春任湖南留学生监督，亲率杨昌济、陈天华、刘揆一等 35 名湘人学子中的高才生东渡日本。回国后赴京参加经济特科考试，列二等录取，任湖南矿务总局提调。1908 年在长沙成立华昌炼锑公司，任董事长。1921 年公司破产后长期寓居上海，潜心编纂《梁氏家谱》和《青郊六十自定稿》诗集，与易顺鼎等有交集。1931 年病逝于庐山。

生查子　吊安重根

胡月

美哉安重根，爱国心何热，不忍见韩亡，露宿榆关雪。
血溅哈尔滨，死矣真英杰，暗杀震东方，千秋名不灭。

烈哉安重根，断指怀利匕，誓杀老伊藤，秋雨秋风里。
素志一朝酬，四海无可比，从容入囚车，笑说功成矣。

壮哉安重根，此举良不易，放下手中刀，三呼韩万岁。
子房博浪椎，千载美青史，昔人今见之，赫赫有生气。

往者不可追，来者犹堪留，愿我神明裔，勿步韩人后。
国会及时开，股肱卫元首，覆辙戒前车，整理江山旧。

* 刊于《沧浪杂志》第 3 期，1910 年 10 月 30 日。

* 作者生平不详。

伊藤公爵挽诗

东安马钟琇

霜落辽天画角哀，远东有警度关来。
三韩漫道无奇士，一弹铿然殒霸才。
人生自古谁无死，一世之雄竟如此。
当日东溟覆我师，昂头西顾无余子。
略地争城念齿唇，几番血染战场春。
踏翻东亚平和局，开幕公居第一人。
形骸不与名俱灭，绝代功勋光竹帛。
回首扶桑往事空，海云万里凄凉色。

* 刊于《大公报》(天津)1910年10月31日第6版。

此诗虽题为《伊藤公爵挽诗》，实则是一首反讽诗。在这首诗中，伊藤博文被称为“霸才”“踏翻东亚平和局”之第一人，而安重根则被称为“三韩奇士”。虽然伊藤博文当年在东亚“攻城略地”，但最终还是落得被刺杀的下场。

* 东安马钟琇，指马钟琇。马钟琇(1877—1949)，字仲莹，号箸羲，河北安次县(今廊坊市安次区)人。历史上安次县曾多次改名，明清时期为东安县，1914年由东安县改为安次县，故其署名为“东安马钟琇”。幼承家学，弱冠即为国学生。光绪末年，官至刑部山东司及法部制勘司主事。辛亥革命前后，追随孙洪伊开展革命活动，并在家乡创办新学，宣传革命。辛亥革命后，被选为第一届国会众议院议

员，被委任为总统府顾问。1917 年南下广州，参加孙中山领导的护法运动。后归乡，续修县志。1927 年寓居天津，以诗曲自娱。著有《味古堂诗集》《畿辅诗传》《古燕诗纪》等。

吊韩国烈士歌

杨与龄

白浪奔，黑风立，海国秋来雁声急。万感来，百忧集，壮士仰天呼，英雄临风泣。三韩国祚数千年，山河瓦解尚醉眠。不知何者为公理，铁血世界有强权，无何合邦之令下，二三韩人方惊讶，呼号奔走总徒然。

家亡国破那有价，社稷拱手让他人。嗟彼卖国称贤臣，虽生犹死李完用，虽死不死安重根。呜呼，痛莫痛于自杀，惨莫惨于亡国。

千古兴亡一瞬中，哀哉黄土埋英雄，料难一木撑大厦，愿将一死达孤忠。生不能食卖国贼，死当化碧血为利刃，化英魂为警钟，警钟一声响，早已震全球，惊起亚东一大国，唤醒志士之国忧。

自古三韩我藩属，保护失责诚可辱，王谢堂前旧主人，忽使琵琶抱他曲。因循愧我一着输，嗟彼三韩失版图。此日衣冠悲故国，山残水剩人为奴。

抛却无限伤心泪，天地变兮风景殊。一朝寒到唇亡齿，不禁悲来兔死狐。我今得尔一棒喝，匆匆走笔为尔哭，吊尔寂寞之江山，吊尔渺茫之魂魄。呜呼，痛莫痛于自杀，惨莫惨于亡国。

* 刊于《南洋兵事杂志》第 51 期，1910 年 10 月。

* 杨与龄(1880—?)，别字珥珊，安徽桐城人。早年执教于国立南京高等师范学校和江南武备学堂，后任驻镇江运输所所长、镇江收容所所长等职。曾在 1909 年至 1911 年间的《南洋兵事杂志》上发表剧本、诗文、小说、学术文章及杂著多种。

伊藤叹诗一百二十五首（节选）

并序

胡礼垣

己亥之岁，日本伊藤侯博文在北京时，予尝致书劝侯当爱人而及人之邦，毋徒顾己而私己之国。谓爱人而能及人之邦，其为英雄也；全若徒顾己而私己之国，其为英雄也，则半而已矣云云。后亦淡然置之矣。去岁忽闻侯为高丽刺客安重根轰毙，予为愕然。今岁又闻日本并吞高丽，予更骇然。思之思之，乃知侯之所以不得其死者，实为行其吞并之谋也。当今之世，国家之理，大明民权、民族两主义，渐渍各国人之脑筋，土地之事，非一君所能独主，挟其君以制其民，其民之不服也，故宜。且数年前日俄之战，日本仗义执言，尊中国、韩国之自主，声震天下，万国仰之。今一旦自食其言，贻笑人口。荣辱之间，前后霄壤。《易》曰：初登于天，后入于地。此之谓也。其事非必尽出于侯，然为之主动力者，必侯也。昔人咏高敖曹诗云：赠汝人间开国公，一头手自掷东风。年年布绢三千匹，苦累西朝赏未终。叹惜之意，溢于言表。夫流览陈编读史者，犹生感慨。况予之于侯也，始则爱之，欲诱而至于大道。继则闵之，深痛其自入迷阳者乎。因长言以叹之，名曰《伊藤叹》，为七律诗一百二十五首，凡七千言，然犹言有尽而意无穷也。诗以议论为主，援引故典，多出经史正书，其有略僻者以及人名、地名等从西文译出者，始注释之。急于刊印，未能如《梨园娱老集》之详也。时庚戌十月，上浣逍遥游客香江翼南胡礼垣。

其一百有三

一笛迎霜万木疏，谁怜满地起江湖。

同惊秋水波难定，且喜星辰德不孤。

忧乐自然天下共，酸咸莫谓世间殊。
报韩志士抽身去，炸弹修成博浪椎。

其一百有四

频年击筑唱呜呜，神物藏身片语无。
圣铁含灰知屈结，焦铜带血认模糊。
心争日月光同耀，气走蛟龙窟定墟。
陡觉生王头不贵，一声霹雳渡金乌。

其一百有七

方今民族讲全球，兼并冯陵敢不休。
互市财盈通马宝，相沿界定划鸿沟。
胜优败劣非他自，倾覆栽培在己求。
平等精研真理出，恃强怯弱总包羞。

其一百有八

大道原无畛域参，平平荡荡岂庸探。
橐垂铃栈驼鸣圈，节拥棠郊虎视眈。
紫若夺朱名不正，王为异种意何堪。
大同今世推名训，寰宇包罗一力担。

其一百二十二

民气年来似可言，安能耳冷学平原？
乍闻丝竹犹情往，每到悲歌放胆论。
先轸面生灵未泯，枭卿发动首徒存。

当初若听刍荛语，百万何愁安重根。

*《伊藤叹》组诗并序首刊载于天津《大公报》1910年12月17日第6版，后陆续载于天津《大公报》1911年1月5日和8日至13日第6版，后收录于《胡翼南先生全集》卷三十五，台北文海出版社于1975年出版《胡翼南先生全集》影印版，《伊藤叹》收录在《胡翼南先生全集》之四。

《伊藤叹》是胡礼垣在闻知伊藤博文被刺后创作的组诗，此组诗虽题为《伊藤叹》，但其中也不乏歌咏安重根壮举之诗。且胡礼垣在组诗中还提到其曾致书伊藤博文，称"当爱人而及人之邦，毋徒顾己而私己之国。谓爱人而能及人之邦，其为英雄也；全若徒顾己而私己之国，其为英雄也，则半而已矣"，并称"侯之所以不得其死者，实为行其吞并之谋也"。

*胡礼垣(1847—1916)，字荣懋，号翼南，晚号逍遥游客，广东三水人。出身于商人家庭，少读经书，却屡试不中。1862年入香港皇仁书院求学，1872年毕业后留校任教习，曾创办《粤报》，翻译《英例全书》。1879年任《循环日报》翻译，两年后离职赴沪，后又游历南洋。1894年甲午战起，被中国留日商民推举为代理神户领事。战争结束后返港退隐，晚研佛学。著有《梨园娱老集》《翼南诗集辑览》《胡翼南先生全集》等。

哀朝鲜

剑豪

鸣呼！朝鲜亡矣，识者耻之。然其国之英雄志士组织秘密团体，以图光复，屡仆屡起，迄未少懈。其间死事最烈者，尤莫如安氏。伊藤统监之骸骨未寒，谋刺寺内统监之隐谋又露。两次首事者，咸安氏弟兄也。虽一成一败，然其复仇报国之遗烈，并存于天地间矣。赋诗哀之以志痛。

不劳车矢不兵戎，灭国而今术更工。
强制约章承诺日，三韩社稷便成空。
豺狼虎豹妄相攀，引虎登堂恨汉奸。
亡国乃臣原不谬，何堪回首旧朝班。
喧宾夺主说强权，牛马由人更可怜。
振起国魂男子事，覆巢之下莫酣眠。
山河何故缺金瓯，不斩楼兰死不休。
誓断头颅延国脉，挥戈起复戴天仇。
谓他人父有何颜，光复英雄事等闲。
壮志欲偿枪在手，一声惊破石头顽。
兄方矢志弟登坛，千古英风说二难。
拼得身亡无大难，谁云赵璧不能完。
芳踪来者好追寻，百折无回壮士心。
未救国殇身已陷，潇潇汉水发悲音。
杀身自古可成仁，话到恩仇怒目嗔。

寄语狂奴休得意，秦中未必竟无人。
漫将成败论英雄，浩气精诚贯白虹。
继起莫辞前路险，伫看八道水流红。
中原浩劫久成灰，提笔哀人更自哀。
禾黍未忘箕子痛，英雄时势逼人来。

* 刊于《南风报》(桂林)第6期，1911年6月15日。

* 作者待考。

书韩人安重根

吴次明

计绝秦庭哭，韩亡怨未平。
手终图庆忌，义不忍田横。
宁为国民死，岂甘奴隶生。
一朝雪公愤，引颈就牺牲。

* 刊于《长春公报》1911 年 6 月 29 日第 5 版。

* 作者生平不详。

为韩国安重根感作

佚名

其　一

十年碌之走风尘，我愧堂堂一国民。
东望重根连俊辈，而今不敢笑韩人。

其　二

激昂慷慨吐供词，发尽危言对谳时。
绝好头颅拼一赌，中朝无此健男儿。

* 刊于《民心》(福州)第 2 卷,1911 年。

* 作者待考。

悼安重根洪奭源

李敬曦

李家养士六百载，满目悲凉禾黍离。
一死义声在天壤，韩亡犹有两男儿。

袁祖光在《绿天香雪簃诗话》写道："朝鲜之亡也，义民安重根狙击前统监伊藤博文于哈尔滨，毙之，从容就死。庚戌七月，忠清南道金山郡守洪奭源仰药死，中国旅韩之李敬曦悼以诗云云。"

＊载于钱仲联主编：《清诗纪事廿一 光绪宣统朝卷》，江苏古籍出版社，1989 年。

此诗应作于宣统朝时期，约 1911 年。

＊作者生平不详。

朝鲜金居士赴至，年八十七矣，歌而哀之

张謇

嘻吁嚱！朝鲜国，平壤城，李完用不死，安重根不生，运命如此非人争。居士低头惟诵经，诵经之声动鬼神。后生拔剑走如水，亡秦三户岂徒然。

* 载于李明勋、尤世韦主编：《张謇全集·7·诗词联句》，上海辞书出版社，2012年。

此诗作于1912年1月26日，是张謇为近代韩国著名学者金泽荣所写诗歌的节录，赞扬了安重根的义举。

* 张謇(1853—1926)，字季直，号啬庵，江苏南通人。1876年为淮军庆字营统领吴长庆的幕僚，1882年随吴长庆赴韩国帮助平定叛乱。在韩国期间结识众多官员、文人，其中就有金泽荣。1894年考中状元，授翰林院撰修，后奉张之洞之命创办大生纱厂。1905年帮助金泽荣在江苏南通的翰墨林印书局从事编校工作。南京政府成立后任实业总长，同年改任北洋政府农商总长兼全国水利总长。后辞职归乡，经营实业，开展教育、文化活动，与易顺鼎、樊增祥等名士均有交集。1926年病逝于南通。著有《张季子九录》《张謇日记》等。

安重根诗

季刚

荆轲刺秦王，其志欲存燕。
燕社虽竟墟，精爽动民肝。
苕苕千载下，嗣响在真蕃。
伊人歼国仇，奇功托双丸。
截指厉誓盟，变服逾门关。
铜柱发朱光，遂令虏腹穿。
走险讵择荫，聊以渫烦冤。
灭国岂不易，尽诛良独难。
传语强梁者，威力不可殚。

* 刊于《文艺俱乐部》第1卷第2期，1912年9月16日。朴殷植之《安重根》亦收录此诗，题目为《感安重根事》。此诗亦被叶天倪所著《安重根传》收录，见叶天倪著《安重根传》附录《碧血集》，此书出版信息不详。

* 季刚，指黄侃。黄侃(1886—1935)，初名乔鼐，后更名乔馨，最后改名为侃，字季刚，又字季子，晚年自号量守居士，湖北蕲春人，中国近代民主革命家、辛亥革命先驱、著名语言文字学家、国学大师。1905年留学日本早稻田大学，在东京师事章太炎，受小学、经学，为章氏门下大弟子。1912年3月1日由柳亚子、陈陶遗、叶楚伧

介绍加入南社。1912 年主办《民生日报》,1913 年出任直隶都督府秘书长。后曾在北京大学、东南大学、金陵大学、中央大学等校任教授。1935 年病逝于南京。主要著述有《集韵声类表》《文心雕龙札记》《日知录校记》《黄侃论学杂著》等数十种。朴殷植之《安重根》中收录有章炳麟撰、黄侃书的《安君碑》。

题王梧生户曹所藏韩人《金醉堂诗卷》二首

寄禅

欲向西山歌采薇，白云心事与时违。
谁将东海孤臣泪，吹上南朝旧衲衣。

国破身存恨若何，遥怜荆棘泣铜驼。
降王却爱魏宫妓，壮士空悲易水歌。
（谓安重根刺伊藤事）

* 初刊于《神州日报》(上海)1912年9月29日第11版的《八指头陀未刻诗》(续)，复刊于《佛学丛报》第2期，1912年12月1日，再刊于《民权素》第6卷，1915年5月15日。《八指头陀诗续集》卷八亦收录此诗。

此诗题名中的“韩人《金醉堂诗卷》”一说有误。民国时期刻印的《八指头陀诗续集》收录此诗时即用此题名，今人点校的《八指头陀诗文集》也都从此说，此外王闿运在其《湘绮楼日记》中也有“高丽人金醉堂为客”之说。然查近世韩国文人中并无金姓且字或号为醉堂之人物，但却有全姓而号为醉堂的人物，此即全秉薰。全秉薰(1857—1927)，字曙宇，号醉堂，又号成庵，平安道人，旧韩末儒学者，道教思想家。1907年亡命中国，在广东罗浮山冲虚观修炼。1920年在北京出版《精神哲学通编》一书，康有为为此书题写书名，前两广总督张人骏、北洋政府教育总长张一麐等为该书作序，康有为、严复、王树楠等诸多名士对此书均有评语。张一麐之《心太平室集》卷二收录有《韩国遗民全醉堂〈精神哲学通论〉序》，序中也称“全先生醉堂”。由此可见，此处的“金醉堂”有误，实应为全醉堂。

* 寄禅：指释敬安。释敬安（1851—1912），俗姓黄，名读山，字福馀，又字寄禅，法名敬安，湖南湘潭人。少孤贫，十八岁出家，遍游江浙各地，与诗人王闿运、易顺鼎等交往，结社吟诗。后得王闿运指授，才思日进，入“碧湘诗社”。曾于宁波阿育王寺剜臂肉燃灯供佛，并烧二指使骈，自号八指头陀。1902年住持浙江鄞县天童寺，为方丈。创僧教育会，任会长。辛亥革命后，当选为中华佛教总会会长，时湖南等地发生寺产纠纷，应众邀入京请愿，到京未达目的，即卒于法源寺。生平颇有诗名，殁后杨度为其刻《八指头陀诗文集》。

荆轲　为安重根作

芍岩

一

受人恩去复人仇，不中空贻一击羞。

金气埋台神骏死，剑光绕柱祖龙愁。

有灵若拥三秦帝，重怒先亡六国侯。

毕竟张良能忍耐，报韩借箸有深谋。

二

歌罢萧萧易水寒，朔风吹裂旧衣冠。

中天日月腾虹气，末路君王剖马肝。

怀剑屠龙轻诺易，捐金市骏得人难。

谁知技击无灵甚，孤负深恩太子丹。

* 刊于《民主报》(北京)1912年10月14日第11版；此诗亦见于《南社》第12集(文明书局，1913年)，题为《荆轲两首为安重根作》。

* 芍岩，指张怀奇。张怀奇(1879—?)，字芍岩，江苏武进(今江苏常州)人。27岁时受中国东北地方政府资助赴日本留学，入明治大学学习法律。1911年毕业回国，经学部验看考试列为中等，赏给法政科举人，是清朝最后一批"游学"举人。归国后在东三省某署任佐治员，文笔颇佳，诗词尤有特长。辛亥革命后在报社任事，报社停

办后，落魄京师，常借宿于电报总局。曾与郁华等人组织发起思古吟诗社，室名思古轩，有《思古轩词》。与申圭植同为南社社员，1922 年曾编《江苏武进·张氏宗谱》十卷。

暑假旅京杂咏：褒朝鲜义士安重根

顾实

朝日鲜红暮日黄，愿伴一死与偕亡。
可怜侠骨空千古，纵使挥戈不鲁阳。

* 刊于《江苏第三师范学校校友会杂志》第 1 期，1912 年。

此诗之外，顾实尚有《黄海舟中赠朝鲜人》的诗作，亦刊于《江苏第三师范学校校友会杂志》第 1 期。

* 顾实(1878—1956)，字惕生，江苏武进(今江苏常州)人，古文字学家、目录学家。早年留学日本，归国后执教于国立东南大学。后任教于无锡国专，教授中古文学。与马叙伦、张元济等人交往很多。通多国语言，喜研先秦史籍，又理西方学术，其著述兼涉史、子、集三部。主要著述有《汉书艺文志讲疏》《庄子天下篇讲疏》《大学郑注讲疏》《中庸郑注讲疏》《论语讲疏》《中国文字学》《说文解字部首讲疏》《中国文学史大纲》等。

无题

鸡林冷血生

报国雄心盈宇宙，忠君正气贯韩京。
于今皓月临皓骨，普照千秋仰大名。

* 载于鸡林冷血生：《绣像英雄泪国事悲全集》卷四，上海书局石印本，1912 年。

《绣像英雄泪国事悲全集》是一部说唱体长篇小说，叙述了 19 世纪后期日本勾结朝鲜国内一部分卖国势力侵夺朝鲜利权并进而吞并朝鲜的过程，描述了侯弼引领一批青年学子为救亡图存而努力奋斗的故事。

* 鸡林冷血生，“鸡林”在这里是吉林的谐音，冷血生真实姓名不得而知，据《绣像英雄泪国事悲全集》的序言，作者应为吉林某校的教员，参加学校同仁组织的爱国团体同志会，因其具有文学天赋而受命“编辑小说，以鼓吹民气”，作者“遂采韩国灭亡之原因，编辑成篇，当即石印”，即成此书。

三韩大侠行

杨鼎昌

安重根，朝鲜人，甲午之役，痛心国难，仇视日臣伊藤博文，欲得而甘心焉。匿迹俄学堂，阴结排日会，己酉冬以火器毙诸途。

元黄血战天地否，金海水枯孽龙死。
板荡泯棼十六年，精英郁作奇男子。
曩者滔天烽火传，王师十万救唇齿。
将军未薄南廷城，咄陆先夷钵罗垒。
阳存国祚阴羁累，藏垢蒙羞古无比。
天之所废不可支，狂澜既倒柱谁砥。
三韩大侠崛草茅，学堂萌櫱会根柢。
三洞之湾清且涟，所不同仇如白水。
卧薪尝胆人不知，霹雳一声袖中起。
宰相头颅嘘气吞，肉雨不飞血风紫。
平生积愤一朝伸，六尺昂藏事毕矣。
罪状烺烺十四条，倭酋胆碎惊魂褫。
沧海椎贻副车误，秦廷剑被药囊抵。
若将成败绳古人，对此惶然汗有泚。
乃知培塿无松柏，一孔之儒目论耳。
模金愿铸安重根，名姓流辉照青史。

从来有志事竟成，振臂一挥雪国耻。

噫嘻吁！

振臂一挥雪国耻，安得华人尽如此！

* 载于《贻清白斋诗抄》下卷，(长安)思过斋刻本，1935 年，该诗似作于辛亥年间。另见王筱云、韦风娟编：《中国古代文学名著分类集成·诗歌卷(六)》，天津：百花文艺出版社，1994 年。

* 杨鼎昌(1842—1912)，字种珊、重三，号悔吾、槐市遗民，江苏阳湖(今江苏常州)人。其父杨良元以县丞需次陕西，早逝，随母洪氏寄居外祖父家，著籍长安。同治十二年(1873)中举，次年中进士，入翰林，改授山西灵石县知县。旋丁母忧，主讲于渭南五凤书院。服满，补四川犍为县知县。其后历任华阳、遂宁、新繁、彭县知县，峨边厅通判，绵州、泸州、忠州知州，成都知府，为政主黄老清静无为之旨。晚年匿迹成都，自号槐市遗民，工诗及骈文。著有《贻清白斋诗抄》二卷、《贻清白斋骈体文抄》二卷。

生查子　题安重根小传

汉章

三韩侠少年，异世留侯也。
漫道大功成，却共虫沙化。
华表鹤归来，石上藤萝谢。
只手挽狂澜，莫补江河下。

* 刊于《云南》再版第 1 期，1913 年 4 月，又见《南社》，署名烟台王汉章吉乐，并有序（见《南社》第 8 集，国光书局，1914 年，词录），其序云：“闻某君有安重根传之作，随意讽咏得数四句，适合此调，因略窜数字以协律。”

* 汉章，指王汉章。王汉章（1892—1953），原名崇焕，字吉乐，笔名汉章，晚号小敷翁，山东福山人，出生于北京。其父为中国近代金石学家、鉴藏家和书法家，发现和收藏甲骨文第一人王懿荣。1900 年其父殉国时，寄居姐夫吴重喜家读私塾。1910 年考入天津铁路局当练习生、文书课课员。后到上海与叶楚伧一起办《太平洋报》，加入南社，悉心研究金石学，并富有收藏。辛亥革命后进入直隶省教育厅任秘书，同时兼任烟酒公卖局秘书，后又到京奉铁路警察教练所任教。中华人民共和国成立后，任天津铁路学校校长。著有《甲骨文存》《古董录》《王文敏公年谱》等。

金缕曲　题安重根传

善之

剑气横燕市，数男儿屠龙身手，而今谁是？ 一角山河余涕泪，认取将军意气，只消得一丸足矣。 霹雳下空魑魅走，贯太阳白昼垂雌蜺。 五步血，千秋史。

故宫回首斜阳里，记当年河伯儿孙，日精王子，万里扶余来霸迹。 不外都随逝水，沦沟壑谁当后死。 拼得此番终快意，教倭奴省识三韩士。 有志者，且重起。

* 刊于《国民月刊》第 1 卷第 1 期，1913 年 5 月，《南社》第 10 集（文明书局，1913 年，词录）亦收录此词作。朴殷植编著之《安重根》、程淯编著之《安重根》也都收录此词作。此词还见于叶天倪所著《安重根传》之附录《碧血集》中，只是作者被误标注为“汪洋”（叶天倪：《安重根传》，出版信息不详，附录《碧血集》），两词作虽刊发时间先后不同，内容也有差异，但仍属同一词作。

《国民月刊》所见词作与此后诸书收录的词作内容上有较大差异，且诸书所收亦不尽相同。故将《南社》第 10 集所载词作亦一并收录。

另程淯编著之《安重根》中收录的诗词有数首与朴殷植之《安重根》中所收诗词相同，朴殷植之《安重根》中所收的这些诗词的作者署名后并无“女史”，而在程淯的《安重根》中这些诗词的作者署名后都被加上了“女史”二字，如“程善之女史”“陈鸳春女史”“叶舟女史”，然此三人皆非“女史”，而是堂堂男儿。

＊善之，指程善之。程善之(1880—1942)，名庆余，字小斋，别署一粟，安徽歙县人。幼时随父居于江苏扬州。曾结社讲学，后加入同盟会和南社。辛亥革命时，执笔《中华民报》。1913年“二次革命”时，随孙中山参加戎幕，任秘书。1926年包明叔创办《新江苏报》，聘其为总主笔。1932年被聘为国难会议议员，1935年与陈含光、陈锡卿等一起任教于扬州国学专科学校。1937年镇江陷落，随报社迁到泰州，后渡江到上海避难。1938年抗日战争中受日伪“清乡”检查所刺激，1942年因脑溢血病逝。著有《沤和室诗存》《沤和室文存》《残水浒》《宋金战纪》《四十年闻见录》等。

金缕曲　题安重根传

程善之

剑气横燕市，数男儿屠龙身手，而今谁是？ 一角山河余涕泪，认取将军意气，只消得一丸足矣。 霹雳下空魑魅走，贯太阳白昼垂雌蜺。 五步血，千秋史。

故宫回首斜阳里，记当年河伯儿孙、日精王子，万里扶余来霸迹，不分都随逝水，沦沟壑谁当后死，拼得此番终快意，教倭奴省识三韩士。 有志者，且重起。

故国今何处，遍天涯西风满目，离离禾黍，恨海回潮高万丈，欲问乡关无路。 只赢得伶仃凄楚，再向穷途寻活计，猛回头一笑辞俦侣。 结生死，吾偕汝。

事机转眼休迟误，镇伤心斜日荒荒，平原膴膴。 如此江山如此泪，一晌英雄黄土，更化作啼鹃无数。 地老天荒余恨在，招国魂消息凭谁语。 为此别，终成古。

* 见于《南社》第10集，上海：文明书局，1914年，词录；朴殷植之《安重根》亦收录有此词，署名“程善之”。此词亦刊于《益世报》（北京）1921年4月7日第8版，署名“程善之女史”，又见于程淯编著之《安重根》（见《安重根》上篇），署名同样为“程善之女史”。

* 作者介绍见第46页。

敬题安重根先生传

汪洋

一弹无余恨，千秋享令名。
侧身瞻故国，含笑送平生。
英气常如在，江流夜有声。
松滨试回顾，凭吊不胜情。

* 刊于《国民（上海）》第1卷第1期，1913年5月，重刊于《益世报（北京）》1921年4月8日第8版，题名为《题安重根传》。此诗亦收录于朴殷植编著之《安重根》（上海大同编译局，1914年，附录）。此诗亦见于程淯编著之《安重根》，只是没有标题，见程淯编著之《安重根》。叶天倪所著《安重根传》的附录《碧血集》中也收录此诗，题为《悼安重根》（叶天倪：《安重根传》，附录《碧血集》）。

* 汪洋（1881—1921），字子实，号影庐，别署影生、破园，安徽旌德人。幼年起寄寓扬州，曾为小学教员。在奉天（今沈阳）主持《言论》，1912年至上海，任《中华民报》主笔，并由陶小柳、朱少屏、叶楚伧等介绍加入南社。民国初年任职于上海《民权报》，后任上海（江苏）电报局长。喜游历，曾出西伯利亚，至圣彼得堡，也到过台湾地区和日本。1921年病逝于上海寓所。著有《影生杂记》《西湖四日记》《息影枝谭》《台湾》等。

金缕曲　题安重根传

翼郎

岁月嗟如许，禁几番，寻消问息，江山无语。辽鹤城头千载恨，话到重来凄楚。便化作，冤禽难诉。碎唾壶还按剑，看击长虹白日中天举。不平气，终当吐。

弹丸付汝酬刀俎，莽男儿，生偬飘零，死须矜诩。事到临头争一着，机会千秋万古。好模样，龙蛇虎鼠。眼底英雄谁得意，了残棋，胜败俱尘土。使君操，何足数。

家国同消歇，料不到关河涕泪，此身犹活，吹裂万波波息笛。怛怛忸忸哀彻，镇颠倒肝肠欲绝。便把头颅孤注掷，算人生到此何须说。一缕血，千秋热。

西风荆棘铜驼陌，遍河山落日苍茫，哀鸿凄切。荒土一抔收噩梦，消却六州残铁，更休问旧时宫阙。指点啼鸟凭吊处，想英雄归日应呜咽。补不及，金瓯缺。

*初刊载于《生活日报》(上海)1913年11月1日第12版，1914年再刊于《神州》(上海)第1卷第2期，1914年7月，署名均为翼郎。又刊于《民国日报》(上海)1916年9月25日第12版，署名为陈翼郎。

另《新世界》(上海)1918 年 5 月 25 日第 3 版亦刊有此词,题为《题安重根传 调寄金缕曲》,署名为翼郎。柳亚子主编的《南社词集》也收录有此词作,见《南社词集》第 2 册,开化书局,1936 年。

由此词的题名和初刊时间来看,应是为朴殷植编著的《安重根》所题,然 1914 年由大同编辑局出版的此书并未收录此词,程淯编著的《安重根》亦未收录此词作。

* 翼郎,即陈翼郎,指陈松藤。陈松藤(1886—1951),字士钧,别名翼郎,湖南双峰人。早年肄业于长沙正经学堂,参加华兴会。1905 年赴日本留学,入早稻田大学学习法政,其间加入同盟会。1906 年归国,负责同盟会湖南分会工作。辛亥革命后,任上海《申报》记者和长沙《大公报》编辑,为南社社员。1921 年孙中山在广州就任非常大总统后,其任参军署秘书长,北伐时任第三路军总部秘书长。大革命失败后,在上海开设湘济医院,同时从事革命宣传工作,1930 年回长沙行医。抗战时移居沅陵,继续行医。中华人民共和国建立后在家乡组建大众医院,被推为院长。1951 年病逝。

吊伊藤博文

黄季康

年月日，日本伊藤博文畏死，鸣呼哀哉！
惟百年之有尽兮，自前代而固然。
闵夫子之怛化兮，碎弥天以两丸。

岂国家之无禄兮，抑人生之多难。
操金椎以入地兮，然跖父之秘权。
明本味于割烹兮，亦夫子之故也。
羌侪女于后宫兮，何其不改此度也。
以庖宰而得此兮，岂始愿之所望。
生有五鼎食兮，死固当五鼎烹。
虽铭功于壶鉴兮，亦贻臭于辒辌。
系蹀足于东海兮，鱼乱乎下鸟乱上。
巨鱷死而彗星出兮，今独阏此精光。
信寻常之污渎兮，固鲵鳍为之长。
悲夫假金版以制人兮，媚上帝于钧天。
固作法其必毙兮，闟戟偃盾皆在前。
矧佳兵之不祥兮，又安能免乎凶年。
吾闻庄蹻之取滇兮，苟得保此黄馘。
维侨如之佚宕兮，终然横身于异域。

览高位之疾颠兮，宁终老于庖湢。

遗华衮之褎荣兮，亦一家之私臆。

使工女下机兮，贩夫巷哭。

一国昌狂若逐瘈狗兮，纷溶溶之安属。

已矣哉！ 穹苍不可与恃兮，魑魅不可与期。

使麒麟可得系而羁兮，又何以异乎貙狸。

* 载于朴殷植：《安重根》，上海大同编译局，1914年，附录。

黄季康应为黄季刚，“康”乃“刚”之误。叶天倪所著《安重根传》亦收录此赋，署名亦为季康。黄季康的这篇《吊伊藤博文》赋，用反讽的手法描述伊藤博文的侵略政策造成了巨大的灾难，衬托出安重根为国报仇的壮举。

* 季康，指黄季刚，介绍见第34—35页。

读安重根传

周曾锦

尝读刺客传，颇爱任侠名。
古人不可作，慷慨有余情。
耳目所闻见，不谓有安生。
奋臂杀邦仇，一击使人惊。
岂惟使人惊，豪杰涕纵横。
天地为动色，山岳失峥嵘。
上帝之降衷，万古同黎烝。
矧伊箕子封，一裔垂神明。
礼乐犹殷周，官仪同汉京。
山川灵秀气，郁为太白精。
古无不亡国，得人斯犹荣。
寄言彼遗老，勿过哭吞声。
大哉沧翁笔，上与龙门并。
扶眦为作传，纸上闻雷霆。
碧血有时尽，英灵无时停。
千秋辽左水，呜咽声悲鸣。

* 载于朴殷植：《安重根》，上海大同编译局，1914 年，附录。

* 周曾锦(1882—1921),字晋琦,号卧庐,江苏南通人。光绪三十二年(1906)优贡生。尝与里人结“大镛诗社”,相与酬唱为乐。工弈,精篆刻。著有《藏天室诗》《香草词》《卧庐词话》等。

东韩烈士歌

林树声

君不见雍容儒雅张子房，博浪神椎震虎狼。

又不见驱羊当虎宋文山，取义成仁老间关。

英雄千古孕奇魄，志莫败成生死易。

安君元识卓更超，热血蒸腾沸海潮。

地狱庄严人道主，羽毛身世付云霄。

瀛东鲸浪掀天起，逐逐满蒙耽虎视。

东亚危局衅三韩，李宋崇仇赵闵死。

红衣头角总峥嵘，烽火关山满目惊。

公敌不除仁义贼，血花誓以铸和平。

东林狐鼠无须论，勒约枭张中外困。

十三罪状一炮弹，世界葫芦尽解闷。

会宁城外会宁碑，鼙鼓殷殷几易时。

同洒新亭家国泪，谁从塞上报歼渠。

元精炯炯当空烛，俯视尘寰真曲局。

沧州力士古今辉，就义从容益满足。

日星公理炳坤乾，万国舆评印脑坚。

呕血庭争义士气，判裁周内破盆玄。

白山正气诚葱郁，旷世毓奇几人物。

胸罗斗宿七星高，利铦威箝永不屈。

吁嗟乎！

海牙见说主欧盟，死哭秦庭罔见兵。

颈血溅衣才五步，强邻竟已失长城。

兴亡家国重任负，肉食庙堂无以易。

匹夫有志事竟成，二千万众芸芸岂无策。

汉阳城廓已沧桑，万仞石峰倚夕阳。

感慨伟人前事迹，极旗远想返重光。

* 载于朴殷植：《安重根》，上海大同编译局，1914 年，附录。叶天倪所著《安重根传》亦收录此诗，见叶天倪著《安重根传》（附录《碧血集》）。

* 林树声（1873—1941），字晋亭，广东海丰人。出身于书香门第，1898 年与陈炯明等一同考中戊戌科秀才。宣统末年追随陈炯明参与同盟会反清活动。民国广东政府成立后，任陈炯明秘书、审计处处长等。1914 年避居香港，主办《香江杂志》，其创刊号上刊有韩国金奎兴（号凡斋）之祝词，并刊有赵素昂的《论中美同盟之必要》（署名啸印），朴殷植的《民国之名实》《韩侨祭林将军记》（署名均为白岩），金泽荣的《遥祭黄梅泉文》（署名沧江）等，朴殷植还任此刊记者。1916 年被港英当局逮捕，作《香狱吟》，诗作有 90 余首。抗战时期，避居澳门，1941 年病逝于澳门。

追悼安先生

一舟

寂寞三韩突有声，哈滨一击万邦惊。

四千历史精神在，恰与将军得永生。

雨温风凄天地哀，胡然遗骨大连隈。

忍说将军无葬土，首山不老槿花开。

* 载于朴殷植：《安重根》，上海大同编译局，1914年，附录。此诗亦刊于《益世报》1921年4月7日第8版，题名为《题安重根传》，署名为“叶舟女史”。程淯编著之《安重根》收录有署名为叶舟女史的诗，其诗只有四句，与此诗的前四句相同，故应为同一人所作（见《安重根》上篇）。

* 一舟，即叶桐封。叶桐封（1885—1948），谱名崇仁，字崇水，号一舟，浙江宁海人。桐封是其考得功名后所起的名字，此后便用此名。自幼接受严格庭训，1902年考取庠生，次年以一等成绩补增生，1909年选拔为贡生。一年后在国子监考核中列为一等，授省直辖州的通判，未赴任。民国后赋闲在家乡，专以维持风教为己任。尝注《三圣经》，编纂乡土教材，又续编多家宗谱，曾任宁海中学教员。著有《一舟诗草》。

谨题安重根先生传

罗洽霖

安重根先生,世界奇男子也。其一震之威,能使鲸吞蚕食之枭雄有所顾忌,影响于人道主义,岂浅鲜哉?其人可敬,其心可闵,其事可传。兹值异常光彩之历史编成,谨掇数语,付诸卷末,以表敬仰之忱。

伤心亡国恨,誓死雪仇雠。
浩气凌三岛,威名震五洲。
烽烟犹未熄,唇齿剧堪忧。
谁继先生志,鲸鲵血逆流。

* 载于朴殷植:《安重根》,上海大同编译局,1914年,附录。此诗亦刊于《益世报》(北京)1921年4月8日第8版,题名为《题安重根传》,署名为罗伽陵女史。程淯编著之《安重根》亦收录有此诗,署名为罗伽陵女史(见《安重根》上篇)。

* 罗洽霖,指罗伽陵。罗伽陵(1864—1941),又名罗洽霖,亦称哈同夫人。姓罗诗,后简称姓罗,原名俪穗,亦作俪蕤,号伽陵。出生于上海,父亲路易是法国人,母亲是福建省闽县(今福州市)人。幼年时父亲回法国,母亲病故,由母舅等人抚养成人。1886年与上海的英籍犹太人富商哈同结婚。笃信佛教,且尽心于慈善和革新事业,曾为秋瑾、黄兴、陈天华、邹容、章太炎等革命人士提供活动场所,赞助李叔同组织的上海书画工会,出款接办《大同日报》等。曾在爱俪园内开办仓圣明智大学,延王国维、章一山、费恕皆、邹景叔等学者授课。

谨题安先生传

张震青

何人操铁血，仗剑挽金汤。
疾苦依遗类，凶残痛始皇。
君臣皆忍辱，豪杰独悲伤。
博浪椎犹在，三韩国未亡。

* 载于朴殷植：《安重根》，上海大同编译局，1914年，附录。

* 张震青，生卒年不详，清末民初人士。清朝末期，担任怀来县（今隶属河北张家口）县令吴永（曾国藩孙女婿）的幕友，协助吴永办理文案、钱谷等事务。在八国联军侵入北京包围紫禁城后，慈禧西逃（曰庚子西狩），吴永曾随其同行。

吊安重根先生

陈鸳春

捐躯慷慨逐豺狼，无限悲风痛国殇。
甘作奴颜生亦耻，长留侠骨死犹香。
知君铁血心难已，还我河山愿未偿。
安得人人恒博浪，邻邦不敢谓韩亡。

* 载于朴殷植:《安重根》,上海大同编译局,1914年,附录。此诗亦刊于《益世报》(北京)1921年4月7日第8版,题名为《题安重根传》,署名为“陈鸳春女史”,前二句为“茫茫前路已斜阳,无限悲风痛国殇”。程淯编著之《安重根》也收录有此诗(见《安重根》上篇),同样署名“陈鸳春女史”。紫来的《唾壶余沈录》[《益世报(北京)》1924年7月29日第8版]一文中也称陈鸳春为“女史”,应均为误记。此诗与程淯编著之《安重根》所载内容有所不同,故一并收录,不过,两者应属同一诗作。

* 陈鸳春,生卒年不详,同盟会成员,辛亥革命志士。1911年7月31日,同盟会中部总会在上海北四川路湖州会馆成立。为了便于公开活动,与朱少屏、马相伯、陈其美等人于英租界汉口路之琅嬛里组成中国国民总会,公开招募志愿者组织“模范体操团”,以合法的身份倡导尚武精神,为武装起义做准备。1912年与孙中山先生共同参与发起并加入中华民国自由党。1912年3月《民权报》创刊,为该报馆工作人员,《民权报》成为批判袁世凯的舆论阵地,后因袁世凯通令邮局禁止寄递,《民权报》销量下降而被迫停刊。后在上海市福州路参与组织成立民权出版部,改办杂志《民权素》。

无题

陈鸳春女史

茫茫前路已斜阳，无限悲风痛国殇。
甘作奴颜生亦耻，长留侠骨死犹香。
知君铁血心难已，还我河山愿未偿。
安得人人椎博浪，邻邦不敢谓韩亡。

* 载于程淯:《安重根》上篇,出版信息不详。
此诗作与《吊安重根先生》略有不同,应视为同一诗作。

* 作者介绍见第 60 页。

安重根传感赋

查士端

血溅仇者衣，何惜一身毁。

笑彼中副车，子房妇人耳。

* 载于朴殷植：《安重根》，上海大同编译局，1914 年。此诗亦刊于《益世报》(北京)1921 年 4 月 7 日第 8 版，题名为《题安重根传》。程淯编著之《安重根》也收录有此诗，无题名。另诗中的"笑彼中副车"一句在程淯的《安重根》中为"椎秦中副车"(见《安重根》上篇)。

* 查士端(1877—1961)，原名钟礼，浙江海宁袁花镇人，著名小说家、新闻家金庸之伯父。12 岁起寄养南京姑母家中，由姑母供其上学读书。辛亥革命时期响应革命，参与组织吴淞学生军，任军需部部长。1912 年参与发起组织中华民国公民急进党，任参事兼理财务，后因党势弱小，终无发展。与章太炎等人交好，1913 年任章太炎与汤国梨婚姻的典仪。后供职于江苏烟酒专卖局、两淮盐运使署。1923 年旅沪欧美各国名医创办合组医院并招收学生，被聘为华籍经理，次年任江苏第二区烟酒事务局局长。1926 年进入新闻界，在上海接办《小日报》。1929 年应张学良之邀，为其印行《四库全书》制订规划，出任东北文化社社长。1931 年双目失明，次年隐居苏州，开烟纸店谋生。抗战期间拒任伪职。

读安重根先生传

王焘

我闻沧海士，一椎摧强秦。
此风流终古，勿谓韩无人。
滔滔黄海畔，遗老泣桑尘。
檀箕神圣血，久矣笃彝伦。
此根能自植，终见回阳春。

* 载于朴殷植：《安重根》，上海大同编译局，1914年，附录。在目录页，此诗的作者标注为王民恢，正文中标注为王焘。此诗亦刊于《益世报》（北京）1921年4月8日第8版，题名为《题安重根传》。程淯编著之《安重根》亦收录有此诗（《安重根》上篇）。

* 王焘（1867—1943），字倍钦，湖南衡阳人。清末入日本东京法政学堂学习，后任湖南高等学堂教员。著有《法学通论》《政治地理》等。

悼安烈士

皇城哑夫

浩然天地一男儿，再到吾东定几时。
第待他年如意子，家尸户祝未云迟。

* 载于朴殷植:《安重根》,上海大同编译局,1914年,附录。

* 作者待考。

悼义侠安夫子

云人

沧海初晴白日雷，天教夫子笑谈回。
团团数颗金丸子，直向心头百炼来。
壮怀初拟复河山，义旗驰骤备辛艰。
衰世未遑王法正，教他休了刹那间。
三呼万岁国魂醒，身纵成仁目不瞑。
后死如将遗责负，何颜泉下报君灵。

* 载于朴殷植：《安重根》，上海大同编译局，1914 年，附录。

* 作者待考。

闻哈尔滨枪击

青丘恨人

白日青天霹雳声，六洲诸子胆魂惊。
英雄一怒元凶毙，独立三呼祖国生。

悼旅顺受刑

光复旧邦为己任，平和东亚倡公论。
松花江畔腥尘上，谁慰将军去后魂。

＊载于朴殷植：《安重根》，上海大同编译局，1914 年，附录。上述两首诗亦收录于闵石麟编著之《中韩外交史话》（重庆：东方出版公司，1942 年），题目略有不同，前首题为《哈滨即事》，后首题为《旅顺就义》。且后首之后两句为：当年哈尔滨头血，岂慰将军去后魂。此外叶天倪所著《安重根传》（附录《碧血集》）中也收录这两首诗，分别为《闻哈尔滨事感赋》《又闻旅顺受刑续赋》，但作者却均标注为“阙名”。

* 青丘恨人，指申圭植。申圭植(1879—1922)，又名柽，号睨观、余胥、一民、青丘恨人，韩国忠清北道人。毕业于官立汉语学校和陆军武官学校，为陆军副尉。1905年因《乙巳保护条约》签署，欲自杀殉国，幸为家人所救，然致右眼失明，故自号睨观。1911年春流亡至上海，参加辛亥革命。后组织同济社、新亚同济社，领导独立运动。与陈其美、宋教仁、陈独秀等均有交往。1919年大韩民国临时政府成立后，任法务总长、国务总理兼外务总长。曾赴广东与领导护法政府的孙中山会谈。1922年逝世于上海。1962年被韩国政府追授建国勋章大统领章。著有《韩国魂》、《儿目泪》(诗集)等。

闻哈尔滨消息

金泽荣

平安壮士目双张，快杀邦雠似杀羊。
未死得闻消息好，狂歌乱舞菊花傍。

海参港里鹘摩空，哈尔滨头霹火红。
多少六洲豪健客，一时匙箸落秋风。

从古何尝国不亡，纤儿一例坏金汤。
但令得此撑天手，却是亡时也有光。

*载于朴殷植:《安重根》,上海大同编译局,1914年,附录。叶天倪所著《安重根传》收录有后六句,标题为《闻哈尔滨消息》,见叶天倪著《安重根传》(附录《碧血集》)。李剑虹所编《慷慨诗选》(军事新闻社,1933年)亦收录此诗,署名为金泽雄,内容上少了后四句诗。

*金泽荣(1850—1927),字于霖,号沧江,别号韶濩堂主人,韩国京畿道人,本籍庆尚南道。自幼学习古文和汉诗,1866年通过成均初试,1883年至汉城结识张謇。1891年科举登第为进士,历任编史局主事、中枢院书记官等,1903年任文献通考续撰委员,被授通政大夫职衔。1905年任学部编辑委员,不久辞职,遂流亡中国,在张謇帮助下入南通翰墨林书局,任编校。与俞樾、梁启超、严复、章炳麟等文

人学士都有交往。1927 年病逝于南通。2018 年被韩国政府追授建国勋章爱国章。著有《丽韩九家文钞》《增补东国文献备考》《沧江稿》《韶濩堂集》等。

无题

醒庵

哈滨风飒飒，碣石夜沉沉。

一点当时血，千秋不死心。

* 载于朴殷植：《安重根》，上海大同编译局，1914 年，附录。

此诗与下文署名为志山、沧洲、青龄、一石、磐吾、铁儿等的四句短诗均收录于朴殷植之《安重根》，并不见于其他文献。在这些诗文前有编者注，称："某年三月二十六日（安公殉国日）由海外某所举行追悼大会，仪容庄严，血泪淋漓。是日也，风凄雨苦，天地为悲。当日诔词，韩文为多。（同人、可人、啸印、复源、天悟、霹儿、少沧、友血、李超、鹤臯、朴泳、铁汉、武宁、秦梦、锐锋、汉一、石麟、桓童、亨媛等均有文词、演说、悼歌）此间无韩文印字，未得选载，只取汉字联及诗若干首，附录于左……"由这一编者注可以看出，众多韩人参加了安重根的追悼会，并都有或诗或歌之文字，编者注后所收录的汉诗，其作者也均为韩人。参加此次安重根追悼会的不止编者注中所列举的人物，据郑元泽之《志山外游日记》，1914 年"二月二十九日（阴历——编著者），举行安重根义士追悼会，傍晚，参加者各作诗一首"。由此可知，郑元泽也参加了安重根的追悼会。然其所记 1914 年似应有误。郑元泽之《志山外游日记》虽名为日记，但却是其在 1920 年出狱之后依据记忆撰写，全书时间全部采用阴历，1914 年的阴历二月二十九日实为阳历三月二十五日，而 1913 年的阴历二月二十九日则为阳历三月二十六日,因此其将1913年的事记成了1914年的事。

＊醒庵,指李光。李光(1879—1966),号醒庵,亦作星岩,韩国忠清北道青州人。1894年入汉城师范学校学习,1904年赴日本,就读于早稻田大学政经科,1905年退学归国,任教于汉城攻玉学校。1907年加入爱国启蒙运动团体新民会,开展守护主权运动。1910年日本吞并韩国后,亡命中国东北,开展独立运动。1912年前往上海,加入申圭植等组织的同济社。1919年被选为大韩民国临时议政院议员,参与大韩民国临时政府的建立。1921年获任大韩民国临时政府外务部驻北京外务委员,负责中韩两国的外交联络。1932年在南京参与组织韩国光复阵线。日本投降后,任大韩民国临时政府华北宣抚团团长。后归国,历任忠清北道知事、监察委员会委员长、递信部长官等。1963年被授建国勋章独立章。

无题

志山

天寒木落北风吹，张目登场问汝迟。

霹火三翻公贼倒，丈夫正是笑谈时。

* 载于朴殷植之《安重根》，上海大同编译局，1914 年，附录。

《志山外游日记》中收录了郑元泽参加安重根追悼会时所作之诗，以韩文写就，诗句如下：

하얼빈 역두 소소히 부는 쎄풍

눈 부릅뜨고 현장에 이르니 더 늦는 구나

번개불 세 번 번득여 적을 거꾸러뜨려

이때가 바로 장부의 떨칠 때로다

（见郑元泽著，洪淳钰编：《志山外游日记》，韩国汉城：探求堂，1983 年，第 87 页）

其内容翻译成中文则为：

哈滨驿头萧风吹，张目登场问汝迟。

霹火三番公贼倒，正是丈夫笑谈时。

* 志山，指郑元泽。郑元泽（1890—1971），字久长，号志山，韩国忠清北道人。1910 年前往汉城（今首尔），加入大倧教。1912 年，经中国东北、俄罗斯等来到上海，参加申圭植组织的同济社，开展独立运动。在上海期间，先后就读于务商中学、博达学院等。1914 年 10 月，与金德镇（号东醒）等前往南洋群岛活动。1917 年 10 月回到上

海，后又辗转到了中国吉林，1919 年参与组织大韩独立义军府，筹集资金，开展独立运动。同年 4 月，被选为大韩民国临时议政院议员。5 月为筹措独立运动资金潜入国内，途中被日本警察逮捕，投入狱中，一年后获释，出狱后执笔撰述《志山外游日记》。1990 年韩国政府追授其建国勋章之爱国章。

无题

沧洲

势不与之同一天，伊歼我死辽河边。
呜呼祖国随公去，魂若有知应嗒然。

* 载于朴殷植:《安重根》,上海大同编译局,1914 年,附录。

* 作者待考。

无题

青龄

大义贞忠日月明，六洲健客仰雄名。

壮哉追慕安公会，水水山山尽献诚。

* 载于朴殷植：《安重根》，上海大同编译局，1914 年，附录。

* 作者待考。

无题

一石

死而不死安公在，一去居然岁几回。

半岛河山仍寂寂，灵魂日夜哭泉抬。

* 载于朴殷植：《安重根》，上海大同编译局，1914 年，附录。

* 作者待考。

无题

磐吾

堂堂义气似秋城，千载芳流烈士名。
一哭一歌追慕日，倾吾热血表吾诚。

* 载于朴殷植：《安重根》，上海大同编译局，1914 年，附录。

* 作者待考。

无题

铁儿

哈尔滨头天地空，千秋义侠海之东。
英灵莫恨而今事，大有青年气亦雄。

* 载于朴殷植：《安重根》，上海大同编译局，1914年，附录。

* 铁儿，韩国人，与申圭植关系密切，申圭植的诗集《儿目泪》收录有《以永乐亭诗赠铁儿弟》，并曾为其撰写挽联《挽铁儿盟弟》（见闵石麟：《中韩外交史话》，重庆：东方出版公司，1942年）。在《挽铁儿盟弟》中，申圭植写道："壮怀共奋，苦境同尝。交已历十年，契洽芝兰成莫逆。求学弥殷，忧时生病，寿未满三秩，呕完心血遽长辞。"此挽联撰于申圭植来华不久，因与铁儿"交已历十年"，故可以确定铁儿是申圭植在韩国结交的挚友。然铁儿的真实姓名和生平有待进一步考证。

哀伊藤

薛绍徽

齐人刺苏秦，国仇于此伸。
乃知弊齐策，适足亡其身。

* 载于薛绍徽著，陈寿彭编：《黛韵楼遗集》，1914 年刻本。

* 薛绍徽（1866—1911），字秀玉，号男姒，福建闽县（今福州）人，邮传部主事陈寿彭之妻，著名女文人、女翻译家。1897 年寓居沪上，次年 7 月，受上海女学会之聘，与康同薇、裘毓芳等共主《女学报》笔政，提倡爱国、女子参政，宣传婚姻自由。戊戌变法期间，与丈夫等创立了中国最早的女学会、女学报和女学堂。亦擅长诗、词、骈文的创作，并善绘画，精音律，为闽中才女之代表。著有《黛韵楼诗词文集》《女文苑小传》等。

安重根

忆

计绝秦庭哭，韩亡怨未平。
手终图庆忌，义不忍田横。
宁为国民死，不甘奴隶生。
一朝雪公愤，含笑就牺牲。

* 刊于《崇德公报》第1期，1915年6月3日。

* 作者待考。

健儿行　纪朝鲜志士安重根事

徐雅衡

健儿胆，红一斗，铁石心，霹雳手，力搏犀象如屠狗。（一解）

不幸为亡国奴，不屑为儒家流，荆卿聂政乃其俦。戴天不共君父仇，健儿报韩心志同留侯。（二解）

伊公监韩历三祀，口衔天宪手鞭箠。弹压韩山川，租庸韩闾里，牢笼韩君臣，羁勒韩父子，韩人虽生不如死。健儿盘其间，耻不人类齿。（三解）

韩怨深，伊请代，替人来，毒少杀，韩人偷活颇称快。健儿涕泣告国民，我曹毋被伊公卖。伊一朝死我国安，伊一日生我国殆。（四解）

伊弗补过思尽忠，翻然复出游辽东。健儿得间与之从，云山经过无停踪。沈阳小住胡匆匆，疾驱日驭飙轮衡。驰入露境天方蒙，初暾惨淡贯白虹。垂象隐约预告凶，公足欲进心怔忪。下车似恐不若逢，左右顾盼转双瞳。百官济济前致恭，苶然答拜意疏慵。一夫趋进三鞠躬，突尔怀袖鸣丰隆。双丸连发齐中公，洞穿左肋贯前胸。公曰吾命数当终，此天亡我非人功。何物鬼蜮夸神通，不图佼佼生庸中。健儿健儿人中龙。（五解）

健儿就缚席地坐，慷慨而谈不顾唾。我不忍视家山

破，国耻不雪时吾过。杀身成仁尚何言，人毋我吊当我贺。（六解）

呜呼！其亡，其亡，系于苞桑，韩人从此知自强，赖有健儿一人为之倡。（七解）

* 刊于《大夏丛刊》第 1 卷第 1 期《韵语》，1915 年 11 月。

* 徐雅衡，湖南长沙人，其他生平不详。

吊伊藤博文赋

章炳麟

呜呼哀哉！ 伊百年之有尽兮，自前代而固然，
闵夫子之怛化兮，卒弥天以两丸。
岂家国之无禄兮，抑人生之多艰？
亮炎炎之必灭兮，夫何取乎贾怨？
操金椎以入地兮，然跖父之秘权。
明本味于割烹兮，亦阿衡之故也。
蒐媵女于后宫兮，何不改此度也？
以庖宰而得此兮，岂始愿之所望？
生有五鼎食兮，死固当五鼎烹！
虽铭功于壶旆兮，亦贻臭于辒辌。
繄蹀足于东海兮，鱼乱乎下、鸟乱上。
巨鲸死而彗星出兮，今独阏此精光。
信寻常之沟渎兮，固鲵鰌之为长。
嗟乎！ 叚金版以制人兮，媚上帝于钧天，
信作法之必毙兮，闟戟偃盾皆扛前。
矧佳兵之不祥兮，夫安免乎凶年？
吾闻夫庄蹻之取滇兮，苟得保此黄馘，
维侨如之佚宕兮，修然横身于异域，
览高位其疾颠兮，宁终老乎庖湢？

遗华衮之褒荣兮，亦一家之私臆。
使工女下机兮，贩夫巷哭。
一国昌狂若逐瘈犬兮，纷溶溶之安宿？
虽鬻身为舆台兮，伤夫子之不可赎！
已矣哉！ 穹仓不可恃兮，螭蛛不可与期。
使麒麟有时而触罗网兮，又何以异乎貙狸？！

* 载于章炳麟：《章太炎全集·4》，上海人民出版社，1985年。据《章太炎学术年谱》，《吊伊藤博文赋》作于1915年（见姚奠中、董国炎：《章太炎学术年谱》，太原：山西古籍出版社，1996年）。

除此以反讽手法控诉日本侵略韩国的《吊伊藤博文赋》之外，章太炎还撰有《安君碑》，首刊于《雅言》（上海）第6期《文选》，1914年3月1日，后由其弟子黄侃手书，刊于朴殷植之《安重根》卷首。然《章太炎全集·4》收录有《安君颂》一文，该文与《安君碑》只有个别字不同，应属同一篇文章，是章太炎为安重根撰写的碑铭（见《章太炎全集·4》，上海人民出版社，1985年）。金宇钟、崔书勉主编的《安重根 论文·传记·资料》一书将《安君碑》与《安君颂》视为两篇不同的文章（见金宇钟、崔书勉主编：《安重根 论文·传记·资料》，辽宁民族出版社，1994年）。

* 章炳麟（1869—1936），原名学乘，字枚叔，后易名为炳麟，号太炎，浙江余杭人，清末民初民主革命家、思想家、著名学者。1897年因参加维新运动被通缉，流亡日本。1904年与蔡元培等合作发起光复会。1906年参加同盟会，主编同盟会机关报《民报》。1911年上海光复后回国，主编《大共和日报》，并任孙中山总统府枢密顾问。后在苏州设章氏国学讲习会，以讲学为业。晚年积极赞助抗日救亡运动，1936年章太炎病逝于苏州。著述有《章氏丛书》《章氏丛书续编》《章氏丛书三编》等。

忆侠义

夏思痛

我所企兮安重根，霹雳一声惊国魂，赫赫强邻气已吞。我所思兮徐锡麟，刳心锉脰为群伦，激起爱国真精神。真精神，一击诛中五大臣，再击良弼如灰尘，三击腐蜞麽凤毒龙广州城，又见二王手诛滕汝成。类皆成仁取义死犹生，真乃男儿中之烈烈而轰轰。古来侠士荆轲、聂政、渐离、豫让、侯夷门，犹嫌舍身赴难为私恩。而今即以私恩论此调，已如广陵散之无复存，更谁知救国先救民，救民先救人？年来代庖况复有西邻，一意铲除敌国仁。君不见羊城辛亥三月二十九，从井救人非救友。

＊载于夏思痛撰，王佩良、张茜编：《夏思痛集》，岳麓书社，2009年。此诗为作者1915年于香港狱中所作。

＊夏思痛（1854—1924），湖南桃江人。出身于耕读世家，先后就读于益阳龙洲书院、岳麓书院。1897年参加顺天府乡试，录为通判。后走上反清革命的道路，与黄兴、宋教仁、谭人凤等联络，加入同盟会，其间曾两次东渡日本。辛亥革命后，曾任云南副督办、湖南都督署高等顾问。先后参加护国讨袁战争、护法运动等。1915年在香港被港英当局逮捕。晚年居住在汉口鹦鹉洲寓所，1924年端午节跳入长江，欲随屈原而去，遇救后绝食三日而死。著有《夏思痛集》。

赠朝鲜刺客

汪笑侬

实行暗杀谈何易，不报国仇非国民。
自我相观殷有鉴，问谁敢谓秦无人。
螳能奋斧摧天柱，君竟挥戈逐日轮。
更望英雄争继起，都将热血溅东邻。

亚洲演出剧非常，绝世雄才此下场。
小辈荆轲徒嫚骂，匹夫豫让但佯狂。
蚍蜉大树今能撼，蝼蚁长堤未易防。
博浪当年椎不利，副车误中笑张良。

* 刊于《寸心》(北京)第5期，1917年5月10日。寄斧所著《雨丝风片录》(十四)收录有此诗[《益世报》(北京)1926年3月26日第8版]。

* 汪笑侬(1858—1918)，原名德克金，字润田，号仰天，别号竹天农人，满族旗人，出生于北京。京剧演员，剧作家。22岁时中举人，曾官至河南太康知县，后被参革职。自小酷爱京剧，早年仰慕汪桂芬的演唱艺术，欲拜其门下遭拒，便自名为“汪笑侬”。后得赵子明、金秀山、孙菊仙指点，演唱艺术大进。光绪中叶在上海、南京、汉口等地演出，辛亥革命后赴天津演出，任天津正乐育

化会(伶界联合会)副会长。曾从事戏曲改良,创作改编剧本30余种。1915年袁世凯复辟称帝时,南下上海。1918年病逝于上海。

程白葭所撰韩义士安重根传四十韵

晋卿

史公传刺客，弈弈千载名。
豫聂复私仇，生死无重轻。
专诸尤乱贼，翼弟杀其兄。
荆卿最杰出，仗义来秦廷。
誓洒六国耻，尽返所失城。
始皇岂齐桓，剑术况未精。
英风久消寂，望古空吞声。
哀哉九神州，日闻蛮触争。
东海起狂澜，百怪纷腾狞。
飞鸟啄若木，夷我箕子明。
行人悲故宫，志士泣新亭。
人民既已非，城郭亦已平。
举国皆贰负，坐视青天倾。
孰知并吾世，乃见安先生。
三年君父仇，念此热抱冰。
结交三十六，有客皆朱嬴。
大谁严蹑寻，束掌不使鸣。
夸父逐日心，九死不一更。
朝衔精卫石，暮舞刑天兵。

慷慨缔死党，相与截指盟。
变服为猎夫，猎彼鲛与鲸。
国仇不共天，拔此眼内钉。
国仇者谁子，其人曰伊藤。
监韩肆慆德，奴我无告氓。
南山何岩岩，累足不敢撄。
壮哉安先生，履尾坦弗惊。
九月十三日，伊藤事西征。
塞草半已黄，木叶多飘零。
天地变肃杀，霜气寒棱棱。
驰轮抵上都，冠盖如云烝。
结辙塞道途，戈铤夹飞軨。
睽睽万目属，上下争逢迎。
先生攘臂出，一击飞丹霆。
应响化为碧，时至心手灵。
仰天一大笑，束手甘就烹。
侠气横太虚，鸿声震环瀛。
吁嗟草莽臣，独抱金铁贞。
愧我亿万众，觍颜事强劲。
程侯喜任侠，如蚁慕膻行。
传此续龙门，以谂间世英。

* 刊于《大公报》1918年10月21日、22日第11版，亦见于《时事新报》(上海)1918年11月7日第9版。此诗亦收录于程淯编著之《安重根》，署名为“王树楠”(见《安重根》上篇)。王树楠的《陶庐诗续

集》卷十(民国刻本)也收录有此诗。

*晋卿,指王树楠。王树楠(1851—1936),字晋卿,晚号陶庐老人,河北新城(今高碑店)人。1886年中进士,历任四川青神县知县、彭山县知县、资阳县令等,后曾为张之洞幕僚。1907年任新疆布政使,任内创建新疆通志馆,主持并参与编纂《新疆通志》。民国后被举为新疆省议会议员及众议院议员,1914年任参议院参政。1920年任清史馆、国史馆两馆总纂,并任东方文化事业委员会委员,兼人文科学研究所副总裁等。曾与人合纂《河北通志》,并参与纂修《奉天通志》《东三省盐法通志》等。1936年病逝于北京。著有《陶庐文集》《陶庐诗集》《陶庐老人随年录》等。

安重根

朱荣泉

誓报国仇不顾身，从容就义韩遗民。
可怜箕子分封地，留有孤忠话旧因。
忠肝义胆苦支持，大事去矣安用之。
试取邦人作比例，荆卿匕首子房椎。

* 刊于《约翰声》(上海)第29卷第8期，1918年11月，《约翰声》为上海圣约翰大学校刊。朱荣泉尚有《吊高丽》诗一首，载《沪江大学月刊》第9卷第6期，1920年6月。

* 朱荣泉(1898—1969)，字雄健，浙江余姚人。曾就读于上海圣约翰大学附属中学，后入沪江大学学习，1921年毕业后留校任教，次年升任国文系教授，1925年至1934年任沪江大学国文系秘书。曾参与创办余姚实获中学。上海沦陷后回到故乡，任实获中学校长。抗战胜利后任余姚中学高中国文教师，1948年任余姚县立简易师范学校校长。中华人民共和国建立后执教于上海机械学院，1954年当选为上海市人民代表，1969年病逝于上海。著有诗文数百篇。

悼大韩义士安重根示汕庐

林景澍

壮哉安先生，报国有奇节。
耿耿秉其心，而不俦侣结。
孑然尾其仇，一举而昭雪。
慷慨捐其躯，凛凛复烈烈。
嗟我后生辈，曷释肝肠热。
众志以成城，期抵黄龙穴。
先生九原下，痛饮仇人血。

* 刊于《震坛》第 14 期，1921 年 1 月 9 日。
题名中的“汕庐”为申圭植之雅号。

* 林景澍(1878—1926)，字笑佛，号紫竹林，山东栖霞人。早期同盟会会员，因参加反清革命遭清政府追捕，多年流落外乡。民国建立后在家乡创办晋涛小学，任校长。五四运动期间，在家乡组织青年学生查禁日货，并赴上海出席全国各界联合会代表大会。1925 年出任河南省信阳道秘书，次年调任江西宁冈县知事，不久即被军阀袁文才部杀害，时年 49 岁。

挽韩义士安重根先生

周霁光

轰轰烈烈奇男子，为国戕仇亦壮哉。
懦立顽廉功业著，成仁取义古今哀。
河山再造须群力，日月重光恃俊才。
故国宫庭宛然在，忠魂缥缈莫徘徊。

* 刊于《震坛》第 14 期，1921 年 1 月 9 日。此外周霁光尚有《挽朴白岩先生并序》的诗作，刊于《五九》第 11 期，1926 年 5 月。

* 周霁光，生卒年不详，湖北人，原为基督教徒，后皈依佛教（印光法师），法名慧朗。参与创办道路协会，任道路协会演说部主任，并参与编辑《道路月刊》，聘韩国志士朴殷植为该刊名誉记者。参与中华民国拒毒会的活动，1923 年主编《五九》月刊，参与上海中韩国民互助社的活动，任教育科主任，主持为中韩青年开办的语学讲习所。1925 年积极参加五卅运动，呼吁帮助因罢工而失业的工人，主编《五九国耻纪念十周年特刊》，此外还参与上海湖北同乡会、华侨教育协会等社会团体的活动。

吊安重根义士

唐元恺

报韩夙具留侯志，博浪椎秦事竟成。
独立国基归泡影，复仇心事痛荆卿。
石衔精卫难填海，潮涌灵胥欲撼城。
半岛沧桑弹指毕，秋风迅烈断藤倾。

痛心亚族衰亡尽，只手狂澜冀挽回。
天下雄飞谁障我，人间蟊贼死惊雷。
东洋未达平和愿，北海空余潮汐哀。
扑地西风悲飒飒，枉从箕域吊英才。

＊刊于《中美日报》(天津)1921年3月2日第10版。

＊唐元恺(1867—1948)，名道元，字符恺，号芙荪，湖南江华人。1891年参加科举，考为一等廪生。后游历省城，结识维新同志，立志革命。1904年在上海参加光复会，次年又入同盟会，在上海一带从事革命活动。1906年返回长沙，后任高小教员。辛亥革命后当选江华县议会议长，主持县政。1923年入广州大元帅府，任五等嘉禾章咨议。1925年返江华，任国民党江华县党部常务执委，后遭排挤，至广西平乐等地教书。三年后，回家乡潜心研究古文。1948年病逝。

读安重根传

七一子

荆轲刺秦事不成，亡燕之祸由兹速。

六国尽亡天下愤，戍卒一叫嬴秦族。

物极乃反天道然，无平不陂往不复。

安君手击雠仇殪，掀髯大笑就屠戮。

韩国遂亡或咎君，斯言奇谬吾弗录。

五国初无刺客行，燕台一例同倾覆。

安君成绩过荆卿，奇文喜有龙门续。

谓当移锋斃内奸，词挟风霜义尤足。

百世奋兴来轸遒，英雄感力良堪卜。

君不见传笔沈雄气凛然，人钦箕子遗民躅。

* 刊于《益世报(北京)》1921 年 4 月 1 日第 8 版。程淯编著之《安重根》中亦收录此诗，署名狄郁(见《安重根》上篇)。

* 七一子，指狄郁。狄郁(1855—1932)，原名毓乡，字文子，号杏南，又号七一子，籍贯为江苏溧阳，生长于河南开封。其父在清末时期曾任河南祥符和汝阳两地知县，曾随父寄寓开封、汝阳两地。青少年时与当地文人朱祖谋、黎乾等酬唱诗坛，时人称为“夷门十子”。光绪末年曾在开封创办近代河南第一份私人刊物《舆舍学报》，在河南颇有名气。后在豫南师范学校(今信阳职业技术学

院）担任国文教师。民国初年提倡孔教，曾为孔教会机关刊物《孔教会杂志》的主要撰稿人、孔教会北京总会孔教大学董事会成员。著有《孔教评议》《诗说标新二卷》《七一斋文诗集类编》《读左抉要》等。

读安重根传

王照

艰难委曲洪钟宇，慷慨淋漓安重根。
赍志同堪泣神鬼，成功一例动乾坤。
义声特著春申浦，豪举偏来哈尔滨。
怜我中原黯无色，故为荆聂怅归魂。

* 刊于《益世报》(北京)1921 年 4 月 1 日第 8 版，题名为《读安重根传》，程淯编著之《安重根》亦收录有此诗（见《安重根》上篇），无题名。

* 王照(1859—1933)，字小航，号芦中穷士，又号水东，河北宁河(今天津市宁河区)人。1894 年中进士，入翰林，旋任礼部主事。戊戌变法时曾上书光绪帝支持变法，变法失败后遭通缉，逃往日本。在日期间，采用汉字的偏旁或字体的一部分，制定了一份汉字拼音方案，称《官话合声字母》。回国后修订《官话合声字母》，更名为《重刊官话合声字母序列及关系论说》予以出版。辛亥革命后，受教育部聘请任“读音统一会”会员，并被推举为副议长。晚年归隐，与胡适交厚。遗著有《小航文存》《方家园杂咏纪事》等。

读安重根传

闵尔昌

大忧深耻集孤臣，绝脰縻躯矢一伸。
眼底英雄那足数，道旁兵卫竟虚陈。
朱旗日丽天方醉，黑水风寒草不春。
千载子房应抚掌，报仇今又见韩人。

* 刊于《益世报》(北京)1921 年 4 月 1 日第 8 版，程淯编著之《安重根》亦收录有此诗，然无题名(见《安重根》上篇)。钱仲联《清诗纪事廿一（光绪宣统朝卷)》(江苏古籍出版社，1989 年)收录有此诗，题名为《九月十三日书事》。

* 闵尔昌(1872—1948)，初名真，字葆之，号黄山，晚号复翁，江苏扬州人，秀才出身。北洋政府时期，经袁克定推荐，曾任袁世凯幕僚多年，一直担任袁世凯的机要文牍。袁世凯以后的北洋政府元首如大总统黎元洪、冯国璋、徐世昌、曹锟以及临时执政段祺瑞，都留其继续供职。1927 年张作霖出任军政府大元帅时，辞职，后执教于北京辅仁大学，任中文系讲师，直至 1936 年退休。1948 年病故于北京。编有《碑传集补》《焦理堂先生年谱》等。

题程白袈先生安重根传后

贾恩绂

帝醉且耄廿世纪，谋亡人国例不死。
虎狼魑魅曷忌哉，稷离炎黄行不祀。
奇哉男儿安重根，复仇大义炳乾坤。
三户亡秦古有报，敢道东方国无人。
韩今虽亡一时耳，安氏目犹东京视。
不见六王系组年，咸阳大火来血耻。
独恨六国本自灭，从知家贼祸尤烈。
韩家岂少卖国徒，所惜重根计太拙。
当时若先除内患，无多头颅数寸铁。
鬻国发身身辄碎，诸贼错愕争改节。
虎绝依兮鸟无回，大好金瓯何由缺。
惜哉但知杀伊藤，家贼毫发伤不曾。
荆轲子房讵不伟，春秋之责免未能。
程侯此传意有在，世人熟视唤不醒。
我更疾呼诏天下，弱者可劝强者惩。
读书万本诵万遍，定卜一言邦可兴。

* 刊于《益世报(北京)》1921 年 4 月 3 日第 8 版。程淯编著之《安重根》亦收录此诗(见《安重根》上篇)，无题名。此题名中的“程白

袈”应为“程白葭”之误，“白葭”为程淯之字。

*贾恩绂（1866—1948），字佩卿，河北盐山县常金乡贾金庄人，为河北著名的方志学者和教育家。自幼随父学习，16岁中秀才，25岁入保定莲池书院。1893年中恩科举人，此后便不应仕途，致力于教育和方志事业。先后在河北丰润县（今唐山市丰润区）的浭阳书院、定县（今定州市）的定武书院及北京冯国璋主持下的“贵胄学堂”讲学。曾担任直隶通志局总纂、北京政府财政部《盐法志》总纂、临时执政府顾问等职。曾创办定武中学、盐山中学。中年以后，写下多部县志、通志，所以被送号“贾河北”。20世纪40年代客居北京，后受好友相约，主修《河北通志》。1948年逝世于北京。其一生著述很多，尤以方志最多，有《盐山新志》《定县县志》《河间县志》《南宫县志》等。

题安重根传

陶镛

鸣呼刺客安重根，程君传毕忼概言。
荆轲刺秦速燕灭，杀伊奚救三韩存。
歼一伊藤百伊继，政策无改秦鲸吞。
从来亡国必自伐，官人内间万祸源。
赵开吴嚭一丘貉，李完用辈徒实繁。
媚狐怅虎悍且狡，甘贪汉饵屠鳌轩。
此曹不容片时活，此狱有死无平反。
可惜哈滨黄金弹，弩机轻发为鼷鼱。
如何不早清君侧，蕴孽引绳相排根。
我闻此语长太息，拔山去佞堪推论。
奸人鬻国何所为，为保富贵长子孙。
大陆可沈社可屋，君友可卖敌可尊。
私权不可丝毫损，岂羞降表书题门。
况彼城狐工自固，内资死党外强援。
邦刑到此投忌器，未敢打鸭防惊鸳。
惟有横磨十万剑，交付鱄政与获贲。
把袂揕胸五步内，溅血快意刲鸡豚。
三窟营成狡兔死，零落埋骨东郭墦。
使知躯命悬人手，有等无等平亲冤。

西江不能涤恶谥，白铁铸像名山蹲。
庶戢阴谋褫奸魄，丑类无俾螟蛹蕃。
朝鲜已难招国魂，蛟风瘴雾弥乾坤。
纵横策士相篪埙，駃武平地波涛掀。
秉均造劫丁难屯，退遂已象羝触藩。
然箕煎豆纷櫜犍，夕骇北旆朝南辕。
自为鹬蚌陈枯原，供献渔父劳手扪。
亲善国实徒诈谖，疑云疑雨手覆翻。
衮衮三百乘曹轩，游羿彀中饫酖罇。
明者一方洞见垣，极论得失胪本元。
官规工谏太学幡，诚如精卫哀清猨。
玉石凛凛烬冈昆，其如无术进齐惛。
侧身东望涕潺湲，呜呼刺客安重根。

＊刊于《益世报(北京)》1921年4月3日第8版，此诗亦收录于程淯所编著之《安重根》上篇。

王元周在《小中华意识的嬗变》中认为此诗的作者为出生于江苏苏州的著名画家陶镛，此误也。陶镛出生于1895年，1912年毕业于江苏两江师范学堂，嗣后在吴县高等小学等校任教员。1918年被聘为长沙雅礼大学图书教员，此后先后在长沙多所学校任教，1922年南京美术专门学校创设，聘其为西洋画课教师，从此崭露头角，其间与程淯并无交集。且程淯编著之《安重根》所收诗歌的作者均为当时年纪偏大之名士，而此时的陶镛只有二十余岁。故为程淯编著《安重根》题诗的是浙江的陶镛，而非江苏陶镛。

＊陶镛，生于1870年，字湘茝，又字在东，号钱秋，又号龟龄，浙

江会稽(今绍兴)人。1894年中举人,初为福建督学戴文诚幕僚。1908年获任奉天绥中县知县,候选知府。民国建立后,历任浙江鄞县、定海、诸暨、杭县知事,浙江省署司法秘书。在杭县知事任期内,主持修复杭县多处古迹。与女革命家秋瑾家为世交,著有《秋瑾遗事》,且有诸多诗作收录于诗文集中。

题安重根传

姚季英

箕子明夷是也非，故宫又见黍离离。
须知圣泽留遗远，尚有安家侠烈儿。

风景无殊世亦非，铜驼荆棘总堪悲。
忽惊天上来飞将，绝胜勾丽百万师。

莫向新亭泣楚囚，飞丸逐肉愿终酬。
男儿自有掀天业，豫让要离第二流。

志决身歼亦可悲，亡羊毕竟补牢迟。
报韩有志成虚愿，太息留侯博浪椎。

* 刊于《益世报》(北京)1921 年 4 月 7 日第 8 版。程淯编著之《安重根》亦收录有此诗(见《安重根》上篇)，无题名。

* 作者生平不详。

题安重根传

叶舟女史

寂寞三韩突有声，哈滨一击万人惊。

四千年史精神在，永寿先生不朽名。

＊刊于《益世报》1921 年 4 月 7 日第 8 版。程淯编著之《安重根》亦收录有此诗(见《安重根》上篇),无题名。

此诗与朴殷植的《安重根》所载署名一舟的诗基本相同,只是少了后四句,详见前文。

＊叶舟,指叶桐封,介绍见第 57 页。

题安重根传

陈锡麒

幼读刺客荆卿传，长慕朝鲜安重根。
又见龙门新史笔，波涛憾海势东吞。

巨奸衮衮尸高位，忠义空作侠烈年。
三十六人皆壮士，早应歃血洗贪泉。

常戴头颅虎口行，国亡士气愈纵横。
西风一夜萧萧雨，似听江流咽恨声。

图穷燕匕中朝柱，仇雪韩椎误副车。
此是史篇长恨事，幸留一弹振眉须。

士头可断不可辱，唤醒韩民鼾睡足。
侠气从来塞两间，他生合食单于肉。

一回索句一回首，霸气消沉望九州。
安得先生千万万，各拼身手碎仇雠。

* 刊于《益世报》(北京)1921年4月8日第8版,程淯编著之《安重根》也收录有此诗(见《安重根》上篇),无题名。

* 作者生平不详。

金缕曲　题安重根传

程美之女史

故国今何处，遍天涯西风满目，离离禾黍。恨海回潮高万丈，欲问乡关无路，只赢得伶仃凄楚。再向穷途寻活计，猛回头一笑辞俦侣。纵生死，吾偕汝。

事机转眼休迟误。镇伤心斜日荒荒，平原膴膴。如此江山如此泪，招国魂消息凭谁语。为此别，成终古。

* 刊于《益世报(北京)》1921年4月17日第8版，此诗亦收录于程淯编著之《安重根》(见《安重根》上篇)。庭荃的《国难文学补后》(三)收录有此词，题名为《金缕曲 题韩烈士安重根传》，无署名[见庭荃：《国难文学补后》(三)，《东方快报》1933年9月6日第4版]。

* 作者生平不详。

哀朝鲜

唐敬修

悠兮悠兮！

吾何所忆？

洪奭（源）安重根之遗烈，

慷慨兮仰药，

从容兮就逮。

嗟彼朝鲜十兆众兮！

岂无一兮，碧血再热？

＊载于《江苏省立第二师范学校校刊》第4期，1921年5月15日。此赋有四节，此为三节。

诗句中所提洪奭源有误，应为洪范植，韩亡时任忠清南道锦山郡郡守，闻韩亡消息后服毒殉国。

＊作者生平不详。

侠烈行　自葭居士属作

吴传绮

安重根，万世名。

朝鲜出此侠烈士，朝鲜虽亡亦有荣。

自古英雄拼一死，作事遑计后世评。

唯志所安遂厥志，区区自竭爱国诚。

岁寒不变松柏节，千秋侠骨香且英。

呜呼！

兴言朝鲜忾寤叹，分茅胙土溯周京。

屏藩华夏作唇齿，胶粘为一线交絣。

何物诡谋肆阴狡，岛国凭海水濖澄。

箝制清廷便束口，蜂虿利害莫敢撄。

可怜箕子当年业，一朝猝变树降旌。

东亚大局坏此举，岂可视如蛮触争。

天倾东北无术补，有安重根才峥嵘。

亡国之痛身斯受，豪气愤吐怒鲸瞪。

伊藤首祸谋我者，弹丸可以肆一抨。

大丈夫生当乱世，做一场烈烈轰轰。

昂首环顾小天下，余子碌碌皆虾蟚。

程侯伟论进一解，感慨兴亡心怦怦。

春秋责备贤者意，不随世俗纷誉讫。

朝鲜政治久混沌，麻木不仁惯倒行。

腐败中有生机露，半生进化自主成。

胡为乎不能脱离臣妾丑，再醮于人任吞并。

安重根如有大志，自强对外早陈情。

暗杀只可以对内，翦除奸党免危倾。

卖国奴希受敌宠，明珠万斛金千赢。

李容九与李完用，罪巨恶甚贯满盈。

未亡之时能一击，斯真电射雷霆砰。

朝鲜人心全震动，无力犹可强支撑。

今毙伊藤敌无损，徒死似乎失重轻。

我闻是语长太息，相对无言心欲醒。

请君大呼震聋聩，水上钟鼓声噌吰。

无那沈迷多不醒，我为同胞忧茕茕。

唏嘘转而一凭吊，安重根氏灵爽呈。

斜阳古道荒草路，风露肃肃烈士茔。

*载于程湑：《安重根》上篇，出版信息不详。

编著者按，程湑编著之《安重根》并无出版信息，此书收录有1920年3月1日创刊的《新韩青年》所载安重根之弟安定根撰写的《余之来华后感想》（书中将题名改为《安定根之血泪语》，见《安重根》下篇），同时收录有易顺鼎在1920年7月所作《题安重根传后》一诗，且《安重根》上篇所收大部分诗词集中刊载在1921年4月的《益世报》上。依此推定，程湑编著之《安重根》应是1921年4月前后出版的。

*吴传绮（1858—1934），字季白，安徽怀宁人。1889年中举人副榜，历任国子监学录助教、湖广永绥厅同知，署永顺府知府等。在永

绥厅同知任内，注重新式教育，创办高等小学堂、初等第一小学堂等。光绪末年辞官回乡，于安庆首创女子学堂，并设私立图书馆，供公众阅览。宣统末年任怀宁中学堂监督，传播新思潮。1906 年任安徽教育总会副会长，参与在南京召开的各省教育总会联合会。民国初，担任安庆女子师范学堂教务工作。1923 年任安徽图书馆馆长，1934 年病逝于北京。著有《说文偶义》等。

题安重根传后

易顺鼎

千古刺客推荆卿，然而其术尚未精。
且系被动非主动，彼意并不仇秦嬴。
主动独有秦留侯，虽系家仇实国仇。
美哉妇人女子貌，术虽未精诣已优。
专诸聂政难称侠，我意欲向龙门说。
真侠不必皆刺客，刺客不必即真侠。
后来乃有安重根，刺杀倭国之伊藤。
此真主动复仇者，庶几可以真侠论。
牺牲撑天数把骨，能使仇人骨亦白。
牺牲泼地数斗血，能使仇人血亦赤。
仇非私仇乃国仇，关系不独一韩国。
其身已死心如生，其骨已冷血尚热。
程侯作传用意别，用意不止重侠烈。
乃借侠烈警奸慝，如修春秋惧乱贼。
更为侠士留楷则，文儒武侠古并列。
儒不如侠非一日，但果真者皆难得。

我题此诗三太息。

* 载于程淯:《安重根》上篇,出版信息不详。

此诗并不见于易顺鼎的诗集,易顺鼎的年谱如《易顺鼎年谱长编》(范志鹏著,华东师范大学博士论文,2013 年)、《易佩绅易顺鼎父子年谱合编》(陈松青著,湖南师范大学出版社,2018 年)中亦未提及此诗作。

* 易顺鼎(1858—1920),字实甫、实父、中硕,号忏绮斋、眉伽,晚号哭庵、一厂居士等,湖南汉寿人。1875 年中举人,后屡试不第。后以同知候补河南,1888 年授按察使衔,赏二品顶戴。甲午战争时,积极主战,参与刘坤一军幕。《马关条约》签订后,两次上书清廷罢和议,两次赴台湾帮助刘永福抵御外寇,此后在江苏、广西、广东等地任道台。辛亥革命后寓居北京,袁世凯称帝后,曾任印铸局参事,1920 年病逝于北京。著有《琴志楼编年诗集》等。

次韵一厂居士题安重根传后

昭陵僧

於期一头借荆卿，谁知剑术殊未精。
长虹贯日虚一掷，我为於期厉秦嬴。
公子发难始留侯，破产不葬复韩仇。
误中副车游下邳，成败莫论劣与优。
司马史记尚游侠，津津乐道从头说。
痛惜荆轲击不中，秦庭柱笑死亦侠。
千载后有安重根，狙击倭相如割藤。
假使龙门当今日，书法不同刺传论。
箕子有后不枯骨，十三道内江月白。
甘心一死洒热血，能使墟国人头赤。
天地震动鬼神钦，姓名兰桂播异国。
其人虽死荣犹生，沐笔盥书五内热。
程侯华衮乃特别，惟恐岁久湮忠烈。
词挟风霜警邪慝，万古唾骂卖国贼。
伐柯不远有其则，麟经堪附春秋列。
支那陆沉非一日，欲觅斯人总未得。

使我欷歔长叹息。

＊载于程淯：《安重根》上篇，出版信息不详。

署名昭陵僧的这首诗是与易顺鼎的唱和之作，而易顺鼎的《题安重根传后》并不见于其诗集，1920 年刊印的《琴志楼编年诗集》中并未收录该诗，也不见于他的其他诗集，其年谱中也未提及此诗。据其年谱，1920 年夏，程淯携陶祖光去探视病中的易顺鼎，也许易顺鼎为程淯编著的《安重根》题诗就在此前后。同年 7 月 19 日易顺鼎便病逝于北京，故昭陵僧的这首与易顺鼎的唱酬之作也应该是此时即 1920 年夏所作。

释敬安即寄禅曾有一诗，题为《赠尊美律师，送其入都请经并序》，序中有这样一段文字："师昔年与余住岐山，亲炙恒志老人。同参最久，杜多成行，忍辱为粮，乘戒俱急，冤亲等慈，实我法中之芬陀利也。主持昭陵点石庵数十年，破屋中置一绳床，风雨不蔽，犹诵禅自若。而四来不拒，一粒同飧，道风所被，遂成丛席。……"此处的尊美律师（1839—1913），名仁里，湖南人，曾主持昭陵点石庵。然尊美法师于 1913 年故去，因此昭陵僧极有可能是释敬安的自称，也就是说这首诗的作者应是寄禅释敬安。寄禅在 1873 年曾有《昭陵无念庵怀古》一诗，诗句为："阁里僧何在？青山不再归。我来寻旧迹，只见白云飞。"（见释敬安著、梅季点校：《八指头陀诗文集》，湖南长沙岳麓书社，2007 年）

＊作者介绍见第 37 页。

无题

唐桂

矫矫程侯古君子，大雅扶轮今莫比。

昨宵示我一纸书，云是韩国男儿安氏重根之传纪，

雄词上薄衡岳云，健笔欲接龙门史。

征诗牵率及老夫，老夫见猎犹心喜。

我闻古来侠客首专诸，枉以弑僚殉阖闾。

聂政豫让亦人杰，感恋私恩非丈夫。

荆卿留侯差解事，国仇未报空踌躇。

伟哉重根安夫子，从容一击轻头颅。

头颅拼弃国仇雪，含笑就烹何斩截。

多少韩民七尺躯，不及先生数寸铁。

我谓先生此举已太迟，国破徒倾一腔血。

若早移此歼内奸，大好金瓯何自缺。

君不见自古虫生由木腐，当年开化盛党徒。

私结外援唱独立，坐令喋血平壤都。

一误那堪复再误，至今宗社成邱墟。

后来二李接踵起，卖国之罪尤非诬。

卖国误国皆国贼，公宜先事建奇策。

纵有十千百伊藤，错愕相顾亦失色。

鸩媒虎伥尽驱除，强邻欲攫攫不得。

营州破碎旧河山，犹可从容再收拾。
公不早计公奈何，太息先机已坐失。
吁嗟乎！ 吾哀三韩国，逝者如逝波。
吾哀三韩民，孰挽鲁阳戈。
安君大笑九泉下，汝不自哀汝则那。
颇闻中原土，魑魅尽经过。
况有城狐与社鼠，交相杂织如穿梭。
狐假虎威势，鼠复恣饮河。
同是一丘貉，汝见亦何颇。
汝不自哀汝则那，我闻此语泪滂沱。
中原狐鼠何其多，殛狐殪鼠手无斧柯。
呜呼！ 手无斧柯兮奈若何，中原狐鼠何其多！

诗成尚有余兴，复成四绝咏安重根句

安氏高风不可几，后来侠烈胜於期。
头颅抛却浑闲事，再造韩廷始植基。

*载于程淯：《安重根》上篇，出版信息不详。

*唐桂，生卒年不详，字子文，直隶清宛县（今保定市清苑区）人。1875年参加乡试中文举人，1889年大挑列为一等举人。1891年9月任山西大挑试用知县，受山西巡抚胡聘之管理。1892年9月一年试用期满，经山西按察使张汝梅等考查，以才用明敏、通晓律例故，以本班（候补知县）照例补用。1893年任山西省乡试内帘同考官。1902年任山西崞县（今原平市）知县，任内创办公民局，进行自治实验。1903年卸任崞县知县，1916年任文官高等考试襄校官。

无题

蔡元培

猗夫烈士，为国而死。
浩然正气，百世兴起。
当其北去，歃血断指。
壮志悲歌，矢誓易水。
一击以刷耻，身竟受戮矣！
痛彼秉钧，佥壬是倚。
政教既丧，邦社绝纪。
利害之间，毫厘千里。
或以自灭，争权相掎。
譬诸物腐，来攘者蚁。
哀我多默，伤心切齿。
发兹孤愤，终莫延祀。
吁嗟乎！ 烈士。

＊载于程淯：《安重根》上篇，出版信息不详。

＊蔡元培(1868—1940)，字鹤卿，又字仲申、民友、孑民，乳名阿培，并曾化名蔡振、周子余，浙江绍兴人。教育家、革命家、政治家，民主进步人士。1892 年中进士，后授翰林院编修职。中华民国建立后，任首任教育总长。1917 年至 1927 年任北京大学校长，革

新北大，开“学术”与“自由”之风，积极支持新文化运动。后历任国民党中央执委、国民政府委员兼监察院院长等，为国民党四大元老之一。抗战初期，积极发动和参加抗日救亡运动。1940年病逝于香港。

无题

费树蔚

韩亡子房愤，秦帝鲁连耻。（范蔚宗语）
呜呼安重根，义烈迈二士。
此事今廿年，请言韩祸始。
举国货诸人，内宄实金李。
亦有荆聂徒，磔之若犬豕。
犬豕争肉糜，一仆十百起。
安郎睨奴辈，吾亦乌足齿。
谁悬利禄招，使我人心死。
擒贼当擒王，在彼不在此。
监国何方来，麾盖集于是。
萧辰东海滨，万戟寂如水。
劲装出道左，一击众披靡。
微闻渠帅歼，大笑身就抵。
陈尸目怒张，淋漉血断指。
成名何足论，终不救韩祀。
吾为宗国哀，去韩亦仅矣。
岂无草泽人，淬剑刺僚傀。
（借用专诸刺吴王僚、聂政刺韩相傀事）
台省弄权儿，当时魄尽褫。
可怜饮糙醉，何况敌谋诡。

献纳年复年，国不亡不止。
覆巢卵岂完，鼎鼎愚乃尔。
盍师敌所长，谋国还责己。
日暮途未穷，黾勉长孙子。
长此众怒盈，躯命悬砧几。
国人姑少安，自名作监史。
大勇勿轻举，忠智纳之轨。
斩佞犹可为，仇邻可以已。
事与安氏殊，未须轻比拟。
危哉苞桑系，在此不在彼。
正虑朝野间，唾为迂谈耳。
持此质程侯，侯或会吾旨。

* 载于程淯：《安重根》上篇，出版信息不详。庭荃所辑《国难文学补后》(三)也收录有此诗，词句略有不同，见庭荃：《国难文学补后》(三)，《东方快报》1933 年 9 月 6 日第 4 版。然《东方快报》所载之《金缕曲——题韩烈士安重根传》将程善之《金缕曲》的后两阕与费树蔚的此首诗置于一起。

* 费树蔚(1883—1935)，又名愿梨，字仲深，号韦斋，又号左梨、左癖、迂琐，江苏吴江(今苏州市吴江区)人。1902 年中秀才，1915 年任北京政府政事堂肃政使，袁世凯称帝后归隐苏州，与章太炎等以诗文相知。曾创办公民布厂以维持贫民生计，1924 年被选为苏州总商会特别会董。1925 年与黄炎培、史量才等发起筹组太湖流域联合自治会，1928 年当选为苏州总商会执行委员等，并在吴江创设红十字会，任会长。1951 年柳亚子倡议编印了《费韦斋集》，收录其诗词 3 000 余首。

朝鲜儿歌

哀安重根刺伊藤博文也　己酉(1921)作

陈嘉会

朝鲜儿，朝鲜儿，千年旧版图，一旦摧为奴。北入宫，南守衢，国君囚废臣民诛。草木亦死海水泣，犬不敢吠鸡无雏。洸洸烈士衔枚走，气涌素霓胆如斗，不为赵客缦胡缨，办得宜辽弄丸手。

东窜海，西入峦，偶狙要道侦骑难。张良椎，荆轲匕，不共汝死心更耻。忽然一声光电驰，仇人心裂无完皮。不共仇人生，宁共仇人死。

国亡与亡本天职，矧见仇死死缓耳。呜乎！汝祖开国死佯狂，当时仗义尚周王，乌有狼心狐媚如彼狡，含沙射影国祚亡。流血千里索壶浆，不有此死海不黄。

呜乎！朝鲜儿，真男儿，莫轻国弱可任欺。达官肉食何能为，由来国士出卑微。蚤晚裹尸同凛凛，救国须及未亡时。天堂玉宇魂何处，鸭绿潮声风雨悲。

*作于己酉年即1921年，刊于《船山学报(长沙)》壬申第1

期，1932 年 12 月。

＊陈嘉会（1875—1945），字凤光，号宏斋，别号仙峰山人，湖南湘阴人。1894 年入湖北两湖书院，1902 年留学日本，与黄兴交往甚密，加入华兴会，后转为同盟会。回国后热衷于教育救国，在长沙创办湖南法政专门学校，并任中路师范学堂教务长。1906 年至北京，任法政学堂提调，并授课于清华等校。教务之外，仍与黄兴联络，参加反清革命运动。孙中山当选民国临时大总统时，任南京临时政府军法局局长。后历任留守府秘书、国务院秘书长、众议院议员等。曾任船山学社董事长。著有《宏斋文集》《白燕庵诗集》《时事日记》等。

闻朝鲜亡有感

佚名

回首西瞻一怅然，箕封苗裔总堪怜。
壮夫自合拚珠碎，弱主何心愿瓦全。
谋国有人工献地，救亡无策只呼天。
在明就义重根死，剩有降王食俸钱。

* 刊于《益世报》(北京)1923 年 3 月 21 日第 8 版。

* 作者待考。

日本伊藤博文在哈尔滨为韩人击死

陈止

东征十万化沙虫，成汝平生一寸功。

喜有会稽封少伯，恨无妲己赐周公。

殉身谁为歌黄鸟，贯日今偏见白虹。

流血伏尸休论值，殷奴遗胤亦英雄！

＊载于陈衍编辑：《近代诗钞》，上海：商务印书馆，1935 年。

＊陈止(1868—1925)，原名霞章，字孝起，别号大灯、大镫，江苏仪征人。光绪甲午年(1894)中举，四应会试不第，后任地方审判厅主簿。1907 年定居京城，与陈衍、冒广生、易顺鼎等交游，参加法官考试列优等，任警察总监署科员。1911 年以正六品检察官升用阶视主事，因武昌起义未能补官。民国年间改名“止”，狂傲如故，穷困潦倒，1925 年病逝。虽不懂英文，但长期与陈家麟合作，翻译了大量的外国名著，并著有《戊丁诗存》《戊戌诗存》两卷。

哀朝鲜

汪企张

萧萧易水逝荆卿（安重根），博浪椎空悲结缨（李在明）。

稽绍血斑乾帝泪，后庭花送隔江声。

鸿哀莫大身先死，鸭绿长流意不平。

禁内悲笳哽咽处，若敖鬼夜哭韩京。

* 刊于《医药学》(上海)第5卷第3期，1928年3月。

* 汪企张(1885—1955)，上海人。13岁入杭州求是书院，后肄业于广方言馆。1904年赴日本留学，攻读师范、政法，后改学医学，1911年毕业于大阪医科大学。归国后历任浙江医药专门学校教授、江苏省立医学专门学校校长、江苏省立医院院长等，并曾任民国政府卫生部中央委员会委员。后在上海行医，曾任上海市医师公会副会长等职，参与创办上海肺病医院等。中华人民共和国建立后任卫生部药典编纂委员会委员，参与编写《中国药典》。著有《二十年来中国医事刍议》等。

题赠韩国志士

黄介民

闻道韩亡两人杰，安公重根罗公喆。
或为慷慨毙元凶，或为从容自引决。
从容慷慨无轩轾，机会不同同殉节。
悠悠生死奚足论，遗恨空存铁与血。
为奴为婢为牛马，山河破碎金瓯缺。
檀君黄帝等兄弟，棠棣花残互幽咽。
我从东征返征辔，曾驻京城踏冰雪。
悲歌一曲明月楼，相怜同病河梁别。
驱车惘惘出安东，满目疮痍倍凄切。
人间荼毒有如此，剑气纵横肝胆裂。
君不见，
楚虽三户必亡秦，同仇更缔同心结。
安罗魂魄今犹在，分道扬镳竞芳裂。

* 刊于《先觉》(上海)1928 年 5 月 29 日第 2 版。此诗虽发表于 1928 年，然据黄介民的回忆录《三十七年游戏梦》，此诗作于 1918 年，原题目为《相怜曲》，见黄志良编选：《黄介民遗稿选集》，自印本，2011 年。

* 黄介民(1883—1956)，原名时，后改名觉，谱名碧谟，字定保，

号介民，江西清江人。曾就读于南京两江师范附属中学班，其间加入同盟会。辛亥革命时曾参与筹组临江军政分府，响应武昌起义。1913 年东渡日本，就读于明治大学政治经济科，与韩国著名独立运动家赵素昂为校友。1914 年加入中华革命党，后结识韩国志士张德秀、尹显振、洪斗杓等，组织新亚同盟党（后改名大同党）。1916 年底经韩国归国，在汉城（今首尔）时与安在鸿、赵素昂、孙贞道、申翼熙等韩国志士相会，商讨中韩革命问题，与申圭植也有诗歌唱和。国民政府建立后，曾任国民党江西省党部监察委员、中央候补委员等。中华人民共和国建立后，历任中南军政委员会参事，江西省第一届人大代表、省政协常委、监察厅副厅长等职。

安重根刺伊藤五律

凌焦安

三户足亡秦，三韩尚有人，
名公甘白刃，青史鉴丹心，
豪气塞天地，余风慑岛民，
好为荆聂传，濡笔记成仁。

*载于辛亥革命同志会编：《辛亥革命文献展览会纪念册》，上海：辛亥革命同志会，1947年。

*凌焦安（1884—1930），字焦庵，安徽定远县人，辛亥革命时曾用名凌毅。少时就读于南京师范学堂和水师学堂，有教育救国之志，曾与黄兴、于右任等人组织革命团体，与柏文蔚组织岳王会、信义会等。1906年加入同盟会，投身反清斗争。辛亥革命后，曾任南京临时参议院议员等职。“二次革命”时，南下跟随孙中山讨伐袁世凯。“二次革命”失败后，远赴日本。袁世凯帝制活动失败后重任国会议员，后南下广东参加护法运动。1924年国民党一大时，受孙中山之约，参议总纲草案，并任宣传委员，当选国民党一大正式代表。1924年10月，北京政变爆发时，受孙中山委派至北京，负责改编步军、驱逐溥仪出宫等事宜。事毕，担任步军统领、市政督办等职。此后出任安徽驻宁教育会长，将“南京上江公学”更名为“安徽旅宁中学校”。

读朝鲜烈士安重根传

张磊

东亚三韩地，王朝五百秋。
王位依然在，王国不复留。
可钦安氏子，矢志报韩仇。
恨海思精卫，孤飞似水鸥。
豫让炭枉吞，包胥泪漫流。
断指誓天地，借椎笑留侯。
一击惊天下，歼伊黑龙洲。
堂堂光日月，凛凛溢美欧。
奇功欣成就，不作下邳游。
烈烈高荆聂，泣岂效楚囚。
缧绁非其罪，强权严搜求。
成仁兼取义，含笑上断头。
魂归宇庙暗，血洒鬼神愁。
纵使身可死，岂教心或休。
寄语我同胞，莫忘国耻忧。

* 刊于《矿大学生》(开封)第1期，1931年6月，该刊为焦作路矿学堂的学生刊物。

* 张磊，生卒年不详，山东菏泽人。在菏泽的山东省立六中(现

菏泽六中)学习,住在菏泽六中南院,和一批进步人士联络。后就读于焦作路矿学堂(今中国矿业大学、河南理工大学前身)。1931 年在就读的路矿学堂的学生刊物《矿大学生》上发表《读朝鲜烈士安重根传》,告诫同胞勿忘国耻。

咏安重根

敖溪

人道重根是志士，我道重根不足齿。
当日早将完用杀，朝鲜何至于如此。
坐视权奸卖国家，胡不与贼拼生死。
朝鲜本属朝鲜人，难道朝鲜只姓李。
平生盲目拥中央，那知中央即贼子。
不将内贼先诛除，自然外贼难防止。
一朝沦作亡国奴，始为朝鲜谋雪耻。
手刃伊藤何足奇，不过匹夫之勇耳。
个人徒博烈士名，同胞仍在地狱里。
呜呼重根我心伤，尔何如斯而已矣。

＊刊于《社会日报》(上海)1931年10月1日第2版。

＊敖溪，指王鳌溪。王鳌溪(1894—1932)，原名王学奕，笔名王孙芳、王珏、王敖溪等，四川巴中县(今巴中市巴州区)人。早年曾就读于县立巴中中学，辍学后赴成都，在《国民公报》任见习记者。后赴重庆，先后在《团务日报》《新时代报》《民国日报》等任编辑，后又在南京任《市民报》主笔。1931年秋至上海，后创办《新大陆日报》，并加入上海各团体救国联合会，任文书。1932年因揭露国民党特务组织而被捕，同年秋被杀害于南京。有《公堂咏诗百首》流传于世。

安重根

陈复

吾慕安重根，壮举振国魂。
铁锤寒敌胆，热血昭后昆。
仇雠既身死，史册复名闻。
勖哉朝鲜人，为国效驰奔！

* 载于陈复：《春水集》，现代文学社，1931年。

* 陈复(1907—1932)，字志复，广东番禺人。父为岭南派画家陈树人，母居若文。1915年追随父母东渡日本横滨，在华侨小学就读。1919年回国，进入广州南武中学。自幼受到革命思想影响，1922年入上海复旦中学读书，其间开始接受马克思主义思想。1923年中学毕业后，积极投身工人运动。1925年，被广东革命政府派往莫斯科中山大学学习，在学期间加入中国共产党。1929年毕业回国，在中国共产党广东省委宣传部领导下的香港《工人日报》任副社长。1930年春，奉命到天津开展地下党宣传活动(化名陈志文)，不久被敌人逮捕。经中共和家人的多方营救，1930年秋获释。出狱后返回广州，任中共广州市委宣传部部长。1932年8月，被敌人逮捕杀害。著有《春水集》《漂泊者》等。

韩侠行

田星奎

飞弹一炸死吴樾，五大臣惊夺其魄。
蓦然侠士起三韩，长虹吐气一千尺。
轮困有胆大如牛，问何所恃铁与血。
吁昔媾衅来东邻，半碎河山入蚕食。
雄王拓疆恢霸略，阁相前席工筹策。
阴熠阳灼十六年，瓦瓯坠地剩残缺。
片旗一挥日轮红，版图新按变颜色。
琉球台澎率先例，驱马驱牛人权失。
投肉啖虎肉有尽，君父坐见屈臣妾。
侠士侠士怒如火，掀帽睨天两眥裂。
千金散尽要死友，大好头颅许先掷。
卧薪吞炭暮复朝，长谋不使短鬼策。
孤身黑夜走辽沈，飞车万里好消息。
万人如海欢故侯，一枪出袖声霹雳。
轰然山塌奔鸟鼠，淋漓红雨洒荒碧。
碧瞳僵卧面三岛，一时之雄兀永诀。
侠士有辞谢先民，大仇未伸小仇雪。
不为人奴为鬼雄，捻须狂笑吾事毕。
罪状手书十四条，行间字里森凛烈。

赤跣披发见箕子，九原抱头应豪泣。
而今名字重山斗，英光灏气耿日月。
呜呼秦庭剑筑交，无功博浪有椎空。
狙击侠士人中杰，谁起从之歼国贼？

＊载于田星奎：《晚秋堂诗集：卷一至卷三》，湖南长沙：飞鸿印刷所1931年刻本，卷一。《晚秋堂诗词选》也收录有此诗（见丘陵、张应和、周平波选注：《晚秋堂诗词选》，岳麓书社，1992年），只是编选者认为此诗是为吴樾于1905年9月在北京谋炸出洋五大臣事件而作，此诗前两句确实是写吴樾谋炸出洋五大臣事件，然此不过是引子，整篇诗作则是写安重根刺伊藤博文之事。

＊田星奎（1872—1958），字星六，名瑜权，号晚秋居士，湖南凤凰沱江镇人，近代南社爱国诗人。1904年留学日本，就读于弘文师范学院。留日期间，与黄兴、秋瑾等常相往来，深受民主革命思想的影响，曾先后加入中华同志会、中国同盟会。1905年毕业后回国，主持辰沅道学务，创办学堂，并主办《沅江日报》，宣传革命。后出任四川省军医学堂提调，主办《蜀江》《醒世》两报。参加护法运动，充任湖南招抚使署顾问。中华人民共和国成立后，历任湖南凤凰县人民政府委员、湖南省文史馆馆员等。工诗词，有《晚秋堂诗集》九卷存世。

高丽叹

翁铜士

印度英属国，安南法外府。

亚洲弱小尽沦丧，高丽后亡情更苦。

男女人臣妾，敌仇我君父。

扎手缚足关口舌，吞声恸哭不能语。

警吏狠如狼，士卒猛如虎。

法网如数罟，罔民入囹圄。

平等劳梦想，自由实诳汝。

膏血餍封豕，仓廪饱硕鼠。

平陆翻惊涛，曾无干净土。

祸始内奸李完用，亡耻媚外召外侮。

亡国奴，守钱虏。

万钱不足贷汝命，人诛鬼责天神怒。

豪哉安重根，义烈照千古。

一击唤起韩国魂，复仇九世春秋祖。

大哉威尔逊，人道擎天柱。

正气扇和风，德泽沛甘雨。

嘘枯为春高丽民，大呼独立义旂树。

九道同时起义师，三韩万众摧强御。

学子市人枕借处，赤手丹心血漂杵。

败荣哀胜祸胎福，鬼雄人杰尚桓武。
会稽雪耻终覆吴，三户亡秦胜在楚。
黄河九曲源滥觞，移山填海志莫沮。
志士心同金石坚，刚不茹亦柔不吐。
英人讽我民气嚣，烧纸成灰能几许，不如炉火久留温。
我闻此语痛心腑，哀歌苦语儆国人。
高丽已死尚求活，生存早计宁无补？
恒星历劫不磨灭，阴霾扫却天重睹。

* 刊于《津浦铁路月刊》(南京)第2卷第4—5期合刊,1932年5月31日。

* 翁铜士,指翁廉。翁廉(1868—1947),原名彦,字铜士,湖南湘潭人。早年为大兴博士弟子员,肄业于京师大学堂,学法政,旋入进士馆。其间,与进士馆的同学上书张之洞,请求改革政治,施行立宪,但受阻于权贵,未能成功。嗣后曾任知州,在巡警、邮传、司法三部为官,并曾先后任岑春煊、冯汝骙、程德全的幕僚。在父母相继病逝后,无意进取,浮沉京曹。性好诗古文辞,尤精于书法。晚年寓居上海卖字为生,樊增祥、王式通、关庚麟曾为其订润例。

悼英魂

——纪念朝鲜志士安重根与尹奉吉先生

商生才

易水寒透骨，秋风起萧凉。
怒发冲冠盖，白虹贯太阳；
长别燕公子，不复还故乡。
壮士怀匕首，千里刺秦王，
图尽尖刀现，团团绕画堂，
功成在片刻，待臣如蜂忙。
夺得暴主命，豪杰刀下亡！
空负英雄志，鲜血染沙场。
哀哉高渐离，端站秦庭阶，
目睹良友死，不禁号啕哭；
暴主剜其睛，宫中命敲筑，
胸怀雪恨心，忍羞而含辱。
一旦赴秦庭，铅块手中握，
两目虽已盲，双耳闻鼻息，
对准暴主心，尽力猛拼击，
不但愿未随，复染刀头血！

英脚联盟后，倭奴逞猖狂，

并吞朝鲜国，伊藤奔走忙；
伟哉安重根，只身游西洋，
闻风归径速，祖国已灭亡！
撇离红颜妻，哭别白发娘！
哈埠刺伊藤，连发二三枪，
凶贼呜呼死，血躯倒路旁，
壮士今虽没，英名万古扬！

追忆尹奉吉，忽忽已三年，
携妹至新民，用罄囊中钱；
两手复空空，自感行路难！
只身赴某校，端立教室前，
英气何侃侃，洋洋数千言，
历述脚盆鬼，凶暴又忍残！
一谈亡国恨，两次泪如泉！
同学怜其苦，慷赠百余元。

临别上车行，壮士复唏嘘！
时滴英雄泪，泪湿身上衣！
黄海向东流，日久自转西，
与君暂分手，后会有定期；
我辈皆青年，自是好男儿！
努力求进步，莫待悔后迟！
承君慷相赠，此心天地知！
俟我报恩日，祖国复辟时。

沪战暂少停，适逢四念九，
欢呼庆天长，豺狼雄赳赳；
笑阅求死兵，痛饮绝命酒，
飞机空中翔，倭奴齐仰首，
此时尹奉吉，台下显身手！
连发弹二枚，轰毙东洋狗！
烟尘满天飞，黄沙遍地走，
壮士死犹生，万古垂不朽！

朝鲜国虽亡，尚有独立党，
志士何其多？豪气复淙淙！
前扑而后继，堪令人赞赏，
哀哉我中华，不堪思已往！
满蒙转瞬空，上海成战场！
平民死万千！当局不抵抗！
一片救国声，任你呼破嗓！
收复失亡地，深恐成梦想！

东北非我有，难民苦哀号！
当局不可靠，全赖众同胞，
大家齐奋起，只手擎白旄，
坚决平倭志，紧握杀贼刀！
负枪与实弹，鞭骑夜渡辽，
气感三岛动，威震海山摇，
渴饮长江水，黄河作马槽，

飞渡朝鲜峡，足踏扶桑岛。

民国二十一年六月二十日作于广平县蒋庄集绍青图书馆

* 刊于《县村自治》(北平)第2卷第7期,1932年9月1日。

* 商生才,乳名蓝玉,约1908年出生于河北省邯郸市广平县平固店,稍习日语。1927年担任直隶广平县蒋庄第六预备团团长,掌管千余民众。其人颇具文采,在《县村自治》《市民》等新闻报刊发表50余篇署名作品。除大量诗歌散文外,也发表了数篇爱国爱民的社论。关心农业、农民,呼吁提高妇女地位,如1931年在《妇女共鸣》杂志发表《实行废娼》一文,要求废除娼妓制度,同时积极引导民众爱国抗日,如在《县村自治》杂志上发表《提倡国货》等。

吊安重根

晋晋

哈尔滨，余旧游地也，当时曾吊安重根先生刺日相伊藤处，并纪以诗，迩者滨江地图已变色矣。昨夜忽又梦吊安先生，感慨之余，当成一律，醒而记之如下：

满洲已步朝鲜后，热泪满怀吊重根。
空说决心长抵抗，深惭无语慰忠魂。
倭奴依旧为流寇，箕子至今有孝孙。
只为未诛李完用，可怜杀不尽伊藤。

* 刊于《社会日报》(上海)1932 年 9 月 26 日第 2 版，晋晋应为王敖溪。此诗亦见于《社会月报》第 1 卷第 9 期，1935 年 6 月 15 日。该期《社会月报》为“纪念爱国诗人王敖溪先生特辑”，载有其诗集《啼鹃集》，《吊安重根》就收录于《啼鹃集》中。

* 晋晋，指王敖溪，介绍见第 133 页。

蛮语

玄

高丽志士安重根之刺杀伊藤博文也，予方卧病东京医院，闻而壮之义之，为之歌曰：

风流宰相（伊藤喜渔色当时有此号）兮欲何多，谋吞高丽兮窥支那。

忽闻壮士兮起天河（松花江满语为天河，重根刺伊藤博文在哈尔滨也），一弹歼贼兮夺大和（日人自号大和魂）。

虹真贯日兮志不磨，惭豫让兮愧荆轲。

扶病躯兮叹奈何，安得卿等千百辈兮，相与不朝食而共灭此倭。

时在病中，有此豪气。今我且为高丽之续，举国无一安重根，而吾亦不能复作此歌，乃至乱日，悲哉悲哉！国之将亡，乃如斯哉。日夜埋头窗下，从事雕虫之末，将胡为哉？长铗归来乎，吾将安归哉？已矣已矣，悲哉悲哉！

＊刊于《海事(天津)》第6卷第3期，1932年9月。

＊作者待考。

咏史之二

吴芳吉

倭寇下朝鲜，千秋一荡然。

鸟飞箕子国，花谢牡丹田。

大将肯开拓，英雄甘永眠。

辽河风露重，无伴话君前。

*载于王忠德等主编:《吴芳吉全集笺注·诗歌卷》,重庆出版社,2015年。

吴芳吉尚有《明月楼述》的诗作,述韩国独立运动领袖孙秉熙被捕事,“因以诗纪其事,且以志吾侪坐视之未救也”,见卢冀野编:《时代新声》,上海:泰东图书局,1928年。

*吴芳吉(1896—1932),字碧柳,自号白屋吴生,世称白屋诗人,四川江津(今重庆市江津区)人。1912年考入清华留美预备学校,因抗议外教侮辱学生被除籍。1914年起任乐山嘉州中学等校教师。1919年赴上海,任中国公学国文教员。1920年任长沙明德中学国文教员,1925年任西北大学教授,此后历任东北大学、成都大学、四川大学、重庆大学等校教授。1932年病逝于重庆。著有《白屋吴生诗稿》《白屋诗选》《吴芳吉全集》等。

朝鲜革命烈士安重根哀辞

佚名

昔荆轲匕首，去易水而不还；张良铁椎，击博浪而误中。千古遗恨，九死不辞，君子或犹悲之，懦夫因之立也。岂不以志歼公敌，誓报国仇，一身之利害，有所勿顾，匹夫之志节，莫之或敛哉。矧夫专诸之剑，竟刺王僚，隗嚣之客，终揕君叔，仇人授首，志士成仁，有如韩人安重根者，宁非当世之杰士，亡国之鬼雄乎？顾一孔腐儒，辄持谬论，九世复仇，或忘大义，谓燕丹之计，祇以速亡，子房之心，未能含忍。噫！是说也，宁不短烈士之气，长仇人之志哉？夫日本之图韩也，伊藤之赴满也，哈尔滨之行，鬼祟莫测，司马昭之心，路人皆知。斯时也，各国密使，相望于道，统监与会，实主齐盟。说者谓其将欲解决满韩问题，兼为处分支那计划，夷德无厌，岂虚语哉！命之罔极，亦知亡矣。呜呼！丰臣假道，谁切唇亡齿寒之忧，忠武云亡，孰为誓海盟山之计？（原注云，明万历中，日本丰臣秀吉当国，欲胁高丽假道以侵明，其国书中有一超直入明国之句。高丽拒之，秀吉发水陆军数十万，以逞其憾，平行长以陆军数万攻平壤，而水军十万，亦将航海而至。明遣将李如松援平壤，日人方俟其水军，以图并进。高丽名将李舜臣，以铁甲龟舰，遮击日本水军，尽歼之，平壤日军之势遂孤，如松得奏大捷。舜臣谥忠武公。遗诗有"誓海鱼龙动，盟山草木知”之句。其所造铁甲龟舰，英人称为世界铁甲兵舰鼻祖，日人亦甚称其用兵如神云。）倘非安氏奋其一击，微特韩祚不能五稔，恐东亚之和平，将于是破，即中邦之运命，亦不可知矣。然则彼之所以愤而出此者，非独为韩人报复国仇，实隐为世界铲除公敌。雷霆迅发，莫掩厥耳，招摇一挥，急缮其怒，虽报韩未遂，宁与日偕亡，卒使敌人之阴谋，不敢遽逞，国民之志气，逾以淬厉。从田横而死，殉义者五百人，闻伯夷之风，兴起在百世下。观日本并韩而后，韩人继安而起，再接弥厉，死事者实繁有徒，百折不回，谋图者至今不懈。国家可亡，人心不死，皆铁血主义，有以作其气，此白山逋民，所以为之传也。

嗟乎！三户亡秦，一旅兴夏，死灰可以复燃，嘘枯犹能再活，蹈海而死，鲁连宁忍帝秦，立庭有辞，夫差不忘报越。虽公孙阳为政，鬼为曹社之谋，乃申包胥出亡，天鉴秦庭之哭，赠绕朝之策，勿谓无人□挥鲁阳之戈，犹能返日。扶余古国，安知不属虬髯，侏儒小子，行见毒于虿尾。所恨狡童误国，翻令箕子为奴，抱此简编，有问祭器，覩伤心之禾黍，每厩为墟，收失计于桑榆，毋忘在莒。未叙伤心人湘累跋。世之有心人，诵此文当同声一哭也。

＊刊于《北平民国日报》1933年3月17日第6版。

＊作者待考。

安重根歌

张梅亭

日本伊藤博文为韩总监，遂灭韩。后伊藤赴黑龙江，韩烈士安重根于其下火车时，以手枪狙击立毙。

三韩烈士发冲冠，只身欲脱强国绊。
万人丛中报国仇，博浪之椎何足算。
仇人灭韩歼韩族，宗社邱墟遗黎散。
鲁连蹈海心未甘，荆卿入秦色不变。
杜鹃啼血回东风，精卫填海成高岸。
贯垒直虹腾千尺，属地长星裂万段。
却笑千年鸣咽水，国土桥边空慨叹。
扶胸断脰何足惜，要留青史万人看。
呜呼，韩国有此人，韩国虽亡国可赞。

＊载于《张梅亭传》，莱芜市政协文史资料委员会编：《莱芜文史资料·第 6 辑》，1990 年 12 月。

除此诗之外，张梅亭尚有《悲朝鲜》诗一首。

＊张梅亭（1858—1933），字雪安、松庵，号对溪，山东莱芜人。1898 年考中进士，任礼部仪制司主事，兼任齐鲁学堂教习，教授史地，封为通议大夫。清亡后挂冠归里，受聘于莱芜古嬴民众学校，教授古文，亦曾设私塾授徒。著有《莱芜县志》《万国地理学讲义》《历代史学讲义》《一松山房存稿》《一松山房随笔》等。

无题

周滌钦

病中闻倭奴强据东省，弥深愤慨，振笔书短歌八首以自勉，并勖天下爱国志士。

直捣扶桑国，长驱百万兵；
宁为战死鬼，不作降将军！
复我旧侵地，收我新破城。
弹饮仇人血，不数安重根。

*载于盐城周滌钦：《滌钦二十年诗》，镇江江南印书馆，1935年。

*周滌钦(1894—1939)，江苏盐城人。幼年喜欢书画，1924年考入靖江第六师范学校。毕业后，回家乡任秦南小学校长，致力于地方教育事业。九一八事变后，任教于安庆高中，兼任安徽《民国日报》校对，积极宣传抗日。全面抗战爆发后，回到家乡，不久盐城失陷，出走长沙，鬻字画筹资支持抗战。长沙陷落后，回到家乡，1939年遇害。有《滌钦二十年诗编》存世。

闻日本伊藤博文被韩人安荫接刺死

王棽林

其　一

幕开廿纪变风云，当道老罴独此君。
赢得大名垂宇宙，输他游侠传中人。

其　二

男儿有血剑无情，家国重时身命轻。
汝自杀人人杀汝，英雄两字误先生。

其　三

早闻擒贼先擒王，五步血流即战场。
亡国小奴监国主，千秋姓字定谁香。

＊载于王棽林著，尹建超编，向悦注：《畏秋楼诗稿》，北京：东方出版社，2013年。

＊王棽林（1863—1935），字槐三，自号角山老农，河南禹州人。自幼天资聪颖，勤奋好学。1902年中举人，1905年赴日本游学。归国后主张移风易俗，破除迷信。1912年在家乡组织自卫团，维护地方治安。热心公益事业，1920年禹州发生饥荒时，赴省请赈，深得百姓好评。1919年起主修《禹县志》，毕十余年之功，完成三十卷之《禹

县志》。曾参与整理《中州文献》,并参与撰修《中州明哲传》。喜藏书,为当地颇有名气的藏书家。一生著述甚丰,主要有《民史传》《角山文集》《遣日录》《畏秋楼诗稿》等。

吊韩刺客安荫接刺日本伊藤博文

王棽林

一

狭路相逢赤一刀，国仇国耻遂全消。

倾身拚作奇男子，鸭绿江翻血海涛。

二

博浪沙中扬国光，一椎竟得报韩亡。

天东新筑要离冢，侠骨千年发土香。

＊载于王棽林著，尹建超编，向悦注：《畏秋楼诗稿》，北京：东方出版社，2013 年。

诗作中将安重根写作为“安荫接”，应是“安应七”之误，应七为其幼时之名。

＊作者介绍见第 150—151 页。

无题

佚名

英雄！ 英雄！ 民族的英雄！
肉体虽死，
你的灵魂与天地同终，
你精神比日月光明。
“大韩独立万岁！”
惊醒了半岛迷梦。
断指矢志，何等精诚！

* 载于王寒生：《战血》，汉口：一般文化出版社，1936 年 5 月。

* 作者待考。

强君德隅以题朝鲜安重根照像七古见示，因步韵邮寄哈尔滨

于渐逵

朝鲜受封始箕子，数千年后人心死。
孱王称帝复称皇，东学党乱心惶惶。
庸臣辅国国事误，强邻窥伺反倾慕。
幸灾乐祸诚何心，宗社安危全不顾。
玉均金氏樗栎材，甘心卖国胡为哉。
当年得一洪钟宇，手怀利刃歼厥魁。
余子碌碌不足数，马半是木牛是土。
偶然与谈刺客传，胸无丘壑无今古。
坐看木偶受线牵，鹊巢牖户谁其补。
二十四城无义士，耳听鸡鸣悲风雨。
猴儿狡狯攀枯藤，贿通群奸龟百朋。
撤我藩篱入堂奥，高岸为谷谷为陵。
谁知天不容元憝，霹雳一声惊魂碎。
但见人山人海中，有人出头忽置喙。
我祖我宗居三韩，我名重根我姓安。
半年相随一击中，视死如饴心不酸。
英姿飒飒声朗朗，躯无七尺偏肮脏。
得意人同失意人，一般骨肉委草莽。

心危虑深算无遗，与洪钟宇称两奇。
平生热血一时洒，纵有好爵何足縻。
国灭种灭名不灭，先后两人如一辙。
可惜奇才不见用，金瓯堕地遭残缺。

* 载于金坛于渐逵著，虞寿勋校：《醉六斋诗集》，铅印本，1936年。

* 于渐逵(1866—?)，字吉乐，亦作吉仪，别署醉六居士，江苏金坛人。贡生，湖北补用，按经历加盐提举衔，湖北官书官报官纸局编纂科员，兼督院宪政筹备处书记官。曾在《湖北官报》发表《论自治原理》《中国军械仍宜由内地购备说》等十余篇文章。辛亥革命后，回到家乡，曾参加上海的文学团体小罗浮社，1934年参与金坛旱灾救济委员会的活动，著有《丙辰石城纪略》《辛亥鄂城纪略》《醉六斋诗集》等。

吊高丽烈士安重根

信书年

强邻耽耽矜虎视，国弱安可持公理？
男儿本自重横行，一柱擎天有如此。
志士胸怀握寸丹，久思雪耻报三韩。
诸雄供帐欢迎际，霹雳一声辽水寒。
伊藤干略真雄伟，鲸吞虎噬无穷已。
大星一陨震五洲，专诸而后能有几？
奇烈传闻天地间，强如日本亦惭颜。
英灵直欲吞三岛，撼动扶桑海上山。

*载于刘钟英、马钟琇纂：《安次县志》卷九，1936年增刊本。

*信书年：生卒年不详，河北安次县（今廊坊市安次区）人。曾官至潮州盐大使。

安重根刺伊藤博文歌

——献给热情的爱国青年和军人

童彬

咆！　咆！　咆！　听，我打了三枪，
打中了伊藤氏的手、胸与肩头。
咆！　咆！　咆！　听，又是四枪！
这是胸中的郁气尽量地发吐。

咆！　咆！　咆！　听，我打了七枪！
伊藤氏，你听见了这枪声了么？
三枪中了你的手，胸，臂，
你知觉了没有，我就是安重根！

咆！　咆！　咆！　听，我打了七枪！
警察发觉了，逮住了我的俄顷，
我问他们，“伊藤氏怎样？”
啊，伊藤氏！　你听见了没有？

咆！　咆！　咆！　听，我打了七枪！
警察发觉了，逮住我到法庭。
我不断问讯你的死耗。

听说，你没死，我放声哭了。

我号咷的哭声，不要想
是我痛悔我枪刺你的罪恶！
——我是哀痛我爱的祖国，
在我的死后，还要受你的压迫，

我的死便是我的光荣，
我也更甘心为我的祖国牺牲，
因为耶稣也曾为了
他的民人百姓上了十字架。

咆！ 咆！ 咆！ 我打了七枪，
三枪中了你的手、胸与肩头，
在你虽防备得那样严密，
七枪却都要钻入你的肉！

咆！ 咆！ 咆！ 听，我打了三枪，
打中了伊藤氏的手、胸与肩头，

咆！ 咆！ 咆！ 听，又是四枪，
这是我的郁气——它出完了，我也死！

安重根是韩人。自从朝鲜亡国后，常受日人——尤其受当时内相伊藤博文的压迫。于是他忿怨，忿恨，提着手枪，闯进了会场，照准伊藤氏打了七枪，打中了他的手、胸和肩头。我看了《安重根传》后，心头也起了感动、忿慨，便写了这点东西，献给那热情的爱国的青年和军人！

童彬识于八月二十三日夜

* 刊于《西京日报》1937年10月12日第4版。

* 作者生平不详。

霜天晓角

卢冀野

右任先生命题韩国安溪先生诗卷,安溪先生为安重根父。

夜寒吹雪,展卷增悲切。莫是山河余泪,濡笺纸,尽成血。

故国殊未灭。有儿承壮烈。一怒仇仇缟素。白山白,茫茫月。

* 载于《民族诗坛》第3辑,独立出版社,1938年。

此诗之外,卢冀野尚有《感明月楼往事》的诗作,似是读吴芳吉的《明月楼述》有感而作,见卢冀野:《春雨》,上海:开明书店,1930年。

* 卢冀野(1905—1951),原名正绅,后更名为前,字冀野,号饮虹、小疏,以字行,江苏南京人。幼承家学,能诗善文。1922年入东南大学国文系,1926年毕业后任教于南京钟英中学,后历任金陵大学、广州中山大学、上海光华大学教职。全面抗战爆发后,举家流亡四川,任教于四川大学,并任国民参政会参政员、重庆通志馆馆长等,主编《草书月刊》等。抗战胜利后返回南京,任南京文献委员会主任、南京通志馆馆长等。1946年曾随于右任至新疆。著有《中国戏剧概论》《明清戏曲史》《饮虹五种》及小说《三弦》《金龙殿》《齐云楼》等。

九月十三日感韩人安重根事

陈懋鼎

怨毒成无告，凭陵至不仁。
阴谋从有咎，狙击忽如神。
贯日将孤愤，飞星动四邻。
箕封犹禹甸，忍谓国无人。

连秦殊太急，盟卫已先寒。
汝幸复仇了，人方斗智殚。
不虞蜂虿毒，可胜虎狼残。
歧海舆尸去，悲风拥夕澜。

许国身何有，贪天喜可知。
岂辞行李累，且诵急难诗。
冰雪连东道，神灵守艮维。
犹惊死诸葛，宴息恐无时。

* 载于陈懋鼎：《槐楼诗抄》，1940 年铅印本。

* 陈懋鼎(1871—1940)，字征宇，福建闽侯(今福州)人。清光绪十六年(1890)庚寅科中进士，后历任外务部左参议、驻英公使馆二等参赞、驻西班牙公使馆一等参赞等。民国建立后任外务部参事兼秘

书长，1914 年 7 月任金陵税关监督兼江宁交涉员。同年 11 月任济南道尹兼外交部特派山东交涉员，1915 年 8 月任参政院参政。后历任国务院秘书、厦门交涉员、外交部顾问等职。1918 年任参议院议员。曾以文言文翻译《基督山恩仇记》，为该小说的第一个中文译本。著有《修三居士易稿》《〈易经〉研究心得》《槐楼诗抄》等。

吊安重根

智蔚

舍身报国仇，肝胆足千秋，
竖子甘降虏，将军可断头。
大椎酬博浪，义士起神州，
地下应含笑，复兴借箸筹。

注：第六句指韩国志士在渝组织光复军。

* 刊于《吧达维亚华侨工会月刊》第 2 卷第 1 期，1941 年 1 月。吧达维亚即巴达维亚，现为印度尼西亚首都雅加达。

* 智蔚，应是在巴达维亚活动的华侨，具体生平不详。

朝鲜烈士安重根传赞

岁寒

清光绪二十年，倭奴灭我朝鲜，我国派兵至倭，遽与我宣战(指 1894 年中日甲午战争，然“派兵至倭”似为作者笔误)，清政府不耐久战，且屡败，即许与议和，以台湾地偿兵费，自后朝鲜遂归倭统治。宣统元年十月间，倭相伊藤奉命为韩国统监，行至满洲里，将与俄国度支大臣可科阿夫会晤。至哈尔滨铁路站下车，可科氏迎之道左，军警森严，人群密集，伊可握手时，笑容可掬。忽有少年，突出手枪，连击伊藤，倒地立毙。此何人？此何人？高丽义士安重根也！安氏早蓄志，预约同谋禹连俊、曹道先、柳东夏辈，先往哈地伺之。伊藤既至，从容毙之，当时安氏植立不逃，大呼韩国万岁，被囚判死刑。其妻自狱外传语曰：汝其死于芳洁。至今高丽亡国已五十年，敌忾同仇，志存恢复，前仆后起，皆安重根志士为之倡始。

赞曰：

安重根义烈，今之高丽三尺童子，莫不知之，崇拜之。日酋伊藤，与可科氏晤商，竟欲进谋满洲里，将按南北两部瓜分之，然后再图鸭绿江迤北，谋我辽沈，枭心蝎毒，不仅灭高丽已也；安氏知其此行谋遂，高丽益无恢复之日，故及此而击毙之，明知死一伊藤，亦不能于事有济，但孤掌之鸣，其志苦，其力毅，生死不计，成败不论，但求达到目的而已。安氏一死，即高丽不死，人心不死，天下事是非曲直，即借是而明，倭贼野心，举世唾弃，天谴无义，可拭目俟之。

此篇作于蜀中旅舍，不三年，倭寇平，朝鲜复国，志士在九京，亦借以心慰，安重根事略，与刺伊藤记载，曩多得于朝鲜全秉薰诗卷，详略撮繁而简书之著于篇。

作者附识。

* 刊于《中央日报》1947年2月8日第8版。

* 岁寒，指王孝煃。王孝煃(1874—1948)，字东培，号寄沤、红叶词人，又号岁寒，江苏南京人。1903年中举人，应吏部拣选试，以盐职分四川。后任江苏第四师范学校国文教习、东南大学教授等。全面抗战爆发后，与家人经安徽、湖北等避入四川江津。抗战胜利后，以“岁寒”之名在《中央日报》上连载《乡饮脍谈》《几水渔话》等诗文。1948年逝世于南京。能诗文，善书法，兼工山水、墨梅。著述甚富，有《里来备述》《乡饮脍谈》《北窗琐识》及诗集《诅寇集》等。

题朝鲜安重根影像

王绍薪

翩翩同是韩公子，君岂张良再世生？
遗恨祖龙椎不中，伊藤得中恨应平。

＊载于王绍薪：《约盦诗录》，1949 年刻本。

＊王绍薪(1883—1968)，字孝若，号约庵，亦作约盦，又号澹翁，广东南海(今佛山南海区)人。幼入广州广雅书院，习经史，光绪二十八年(1902)中秀才。1907 年赴日本，入明治大学学法律，加入同盟会。民国初归国，任教于广东法政学堂。后任广东高等审判厅推事、高等检察厅检察官。后又任广东省长公署、民政厅及建设厅秘书、公安厅审判所所长等。1949 年迁居香港。著有《约盦诗录》《醉乡衲联》《宋词集联》《海隐楼诗》等。

仓海君以《秋怀》诗索和，此韵答之

丘复

岁月催人梦里过，壮年周处悔蹉跎。
身逢猾夏群谋逞，心为悲秋百感多。
黑白棋争新世界，元黄血染旧山河。
燕云豪侠今消歇，谁唱萧萧易水歌。

落日西风一雁归，喧传关牡竟全飞。
山长水绿随云去，人事天时与愿违。
铁马茅檐风愈紧，铜驼荆棘遁难肥。
小山招隐怀丛桂，尚有芙蓉薜荔衣。

匹马秋风杖策迟，更无人事惬心期。
十千美酒开怀抱，九万重溟怅别离。
漠北风云张敌焰，天南草木有民咨。 漠北风云指日俄战争
乘槎未解穷星汉，空负男儿少壮时。

何事南冠泣楚囚，挽回末劫起神州。
颇闻箕子遗封地，尚有荆轲刺客流。
三户亡秦新日月，一编存鲁旧春秋。
夜深星斗寒光迥，饮器名王剑下头。 指安重根刺杀伊藤博文

＊原载于《丘复诗文选》，选自张佑周等主编：《闽西客家古代文学作品辑注》，四川民族出版社，2012 年。

此诗为丘复与爱国诗人丘逢甲（别号仓海）之间的唱和之作。

＊丘复（1874—1950），原名馥，辛亥革命成功后中华光复，故改馥为复，字果园，别号荷生，福建上杭县人。1897 年中举，1901 年应丘逢甲之邀赴粤，任两广方言学校教师，1911 年加入南社，1916 年被选为参议院候补议员，1924 年补选为参议院正式议员，1925 年受聘为广东嘉应大学教授。著有《念庐诗话》《念庐文存》《念庐联话》等。

暗杀

佚名

黑铁红丸碧血痕，只关私怨与私恩。

可怜聂政供鹰犬，不敌朝鲜安重根。

＊载于顾炳权编著：《上海洋场竹枝词(新版)》，上海书店出版社，2018 年。

＊作者待考。

无题

佚名

真可敬，安重根。
手刺伊藤，杀身成仁，胸中方解亡国恨！
世界人，莫不钦佩忠义魂。
留名青史，千古不朽，谁能案中步后尘！

* 载于曹文奇：《鸭绿江边的抗日名将梁世风》，辽宁人民出版社，1990年。

* 作者待考。

李奉昌篇

伤义士荆轲

——献给邻国的一位英雄

苏凤

“风萧萧兮易水寒，
壮士一去兮不复还。”
弱者的一把匕首，
寒了秦王的胆，
事情虽然没有成功，
壮志永垂于千载。
仿佛还想起“箕踞以骂”的时候，
那种粗暴的雄壮的呐喊；
仿佛还想起秦王殿上的铜柱，
留着不可磨灭的愤慨。
太史公曰：
“……此其义……或不成。
然其立意，
皎然不欺其志。……”
义士荆轲呵！
我又何必为你流泪！
瞧着吧！
一朝，终有一把匕首报了深仇如海。

* 刊于《民国日报》(上海)1932年1月15日第10版。此诗亦见于《梧州民国日报》1932年2月2日第2版，题为《吊韩国的荆轲》，两者略有不同，故一并收录。

* 苏凤，指姚苏凤。姚苏凤(1905—1974)，名赓夔，一作庚夔，别署月子、贝多、诸葛夫人等，江苏苏州人。1926年毕业于苏州工业专门学校建筑科，喜文学，为报刊撰写杂谈或小说，入上海影戏公司任宣传兼编辑。后编辑《民国日报》副刊《觉悟》《闲话》等，并撰写和发表影评。抗战时期曾任香港《星报》总编辑，后于重庆主编《新民报》副刊。抗战胜利后任上海《世界晨报》总编辑。中华人民共和国建立后，任《剧影日报》副总编辑、《新民报》晚刊编辑等。著有《抗战与电影》等。

哀三韩志士

□鹗

据国外电载，三岛倭酋，新年校阅，事毕回宫，车过樱花门，为三韩志士李凤章（化名浅山）所狙击，仓卒之际，误中副车（当时中国部分媒体在报道李奉昌义举时，按译音将之写为李凤章。李奉昌狙击日皇在东京樱田门，而非樱花门——编著者）。维时炸弹横飞，秩序大乱，一般随从武士，奋勇将李擒获，执送倭陆军省府军法处。据供，系受支那上海高丽革命政府命令，为祖国复仇等语。倭内阁因此事全体引咎辞职，并拟处刺客以极刑。呜呼！一击不中，遂以身殉，此与张子房博浪一椎，同一千秋憾事。出师未捷身先死，长使英雄泪满襟。烈哉凤章，真爱国好男儿也。诗以哀之：

报道翠华校阅回，轰天一弹起惊雷。
三韩已灭家何在，空掷头颅实可哀。
祖国深仇永不忘，拼将热血洒扶桑。
副车误中千秋憾，赢得英名比子房。

* 刊于《社会日报》（上海）1932 年 1 月 17 日第 2 版。

* 作者待考。

吊韩国的荆轲

苏凤

“风萧萧易水寒，壮士一去兮不复还。”
弱者的一把匕首，
寒了秦王的胆，
事情虽然没有成功，
壮士永垂于千载。
仿佛还想起“箕踞以骂”的时候，
那种粗暴的雄壮的呐喊；
仿佛还想起秦王殿上的铜柱，
留着不可磨灭的愤慨。
太史公曰：
“……此其义……或不成，
然其立意，
皎然不欺其志。……”
义士荆轲呵！
我又何必为你流泪！
瞧着吧！
一朝，终有一把匕首报了深仇如海。

* 刊于《梧州民国日报》1932年2月2日第2版。

* 作者介绍见第174页。

风萧水寒曲　有序

程洺

今岁元月七日(应为八日——编著者),日皇于新年阅兵后还室,至樱田门西侧,韩人李奉昌掷弹轰炸,仅中副车。人则同于荆卿事绝类于张良。然张卒逸去,后且为帝王师;荆惨遭车裂,埋恨千古,斯又有幸有不幸也。李当被搜获,据称系韩京人,在当地文昌学校卒业,现年三十二。向假用日本姓名,曰浅山,曾在东京大阪工厂、商店服务四年,前(应为潜——编著者)党至沪参加复国运动十年。父名镇求,有一兄二弟,祖遗产业均为日方没收。兹一击不中,赍志以没。其人其事,似较安重根为弥可哀矣,此曲之作又乌究已乎?

戟卫森严爪牙张,天街争惹御炉香。

聂波昔曾殊侠累,荆卿今又刺秦皇。(民国纪元前三年,韩志士安重根,刺毙朝鲜总监伊藤博文于满洲车站)

秦皇灭韩廿余载,桑田久已成沧海。

人民城部是耶非,文武衣冠翻然改。

卧榻尽容作鼾声,横刀初试鱼肉腥。

此日噬脐嗟莫及,当时充耳有谁听?

江上新泛鸭头绿,似水流年恨相续。

越国未忘吴子仇,申胥难效秦庭哭。

自杂佣保变姓名,山浅山深总有情。

桥下空教豫让伏,沙中徒使祖龙惊,

世事成败莫非数，中副宁关剑术误。
散财奚只逾千金？ 流血偏难到五步。
遗憾千秋复何疑，万人攒首看要离。
从容对簿神自若，壮哉南八是男儿。
两贤各抱冤禽痛，先后成仁堪伯仲。（一指安重根）
惊心谁肯惩前车？ 回首我尤怕北栋。
酒杯借把块垒浇，歌阕敢夸吟兴豪，
中原极目真愁绝，天地苍茫夜寂寥。

* 刊于《平西报》(北平)1932年2月23日第3版。

* 程洛(1880—1933)，字静诠，湖北省荆门市钟祥县人。自幼天资聪颖，读书刻苦用功。因家庭贫苦，居住条件极差，受湿气的侵袭，乃至双腿瘫痪。虽身残，却勤奋读书，故博学多识，才华出众。1900年，知府彭觉看到其文章，称为奇才，派医生登门为其治病。1901年府考时，彭觉派人将其背进考场应试，其一举考中秀才，名列榜首。后以教书为业，成绩卓著。1905年，在县内开办程洛私塾，跟随其学习的人接踵而至。在从事教育之余，还从事地方史的研究，曾编纂续修县志条例。1933年夏，终因罹患恶疾不治辞世。

吊韩国李烈士奉昌

阮明

及有伤吾国危亡，特作俚歌一首，以表感慨。

韩国有烈士，狙击除国害。
一声博浪椎，霹雳震中外。
秦皇虽免脱，天下拍手快。
壮哉李公侠，我真顶礼拜。
横览欧美史，热血胜枪械。
伤哉吾民族，孱弱自取败。
己则不自立，国联安可赖。
咄尔亡国贼，甘心做秦桧。
荷枪不抵抗，坐失三省界。
军人不卫国，何颜借国债。
不悟亡国哀，仍各争党派。
郭开亡赵被秦杀，未必富贵永存在。
皮剥毛安附，其心真可怪。
请观韩印史，奴虏汝应戒。
何必再冷血，徒把自家坏。
今日倭舰入腹地，全国震惊多愤慨。
对外速将头颅拼，对内勿再手段赛。

诸君诸君速猛醒，时哉时哉不能再。

＊刊于《上海报》1932年3月14日第3版。

＊阮明(1889—1944)，字哲符，安徽全椒人。1918年毕业于全椒县立中学，入南京两江高等师范学习。后赴日本留学，毕业于明治大学法科。归国后任全椒县劝学所所长，参与编修《全椒县志》。第一次国内革命时期，任李济深机要秘书、北伐军留守处少将参议等职，1929年任浙江海盐县县长。1933年李济深在福建成立中华共和国人民革命政府时，曾参与政务。七七事变后，四处奔走，宣传抗日。1943年春回皖，至蚌埠劝伪省长高冠吾脱离汪伪政权，未成。后返回全椒进行策反活动，被日伪特务杀害。

李奉昌

吹霁

诗一般合节奏的击刺，

李奉昌啊，我们的勇士！

第一声的春雷震响了，

轰开了我们生动的前夜了，

一阵狂飙横卷过大洲，

疾风暴雨，会挟来万有的生机萌发了！

郁抑着的咆哮，纵能不呻，

紧握着的炸弹，不可不伸，

便杀却了我们的口，

杀不了我们狂热的灵魂！

让复仇的彗星扫过人间罢，

明天，世界是欢悦而解放的了！

* 刊于《益世报》(北京)1932年5月27日第9版。

* 作者待考。

一击歌

——为李奉昌作

傲公

倭京城内鬼神泣，倭京城外风雨急。
天地似感三韩亡，宛向韩人长太息。
韩人昔有安重根，只身杀贼于异域。
十年以来贼更横，谁继重根复杀贼。
独立党员李奉昌，壮志饥将胡奴食。
手把宝刀磨复磨，长啸一声天变色。
只为杀贼须杀王，万里奔波贼未得。
一朝仗剑入倭京，誓欲直抵倭王侧。
无那倭王居九重，有血溅不到皇极。
适遇倭王大点兵，万人拥出一轮日。
车声雷动市人惊，大小倭奴齐匍匐。
男儿杀贼在此时，挺身猛向倭王逼。
砰然一击中副车，倭王魂落两眼黑。
为欲手刃倭王头，提示韩人齐独立。
那知走狗甚猛虎，贼头未得身被执。
笑说丈夫当如是，死为厉鬼终汝殛。
嬴政不死博浪沙，沙丘暴尸亦在即。
我闻壮语三感叹，谁人杀贼无天职。

奈何张良李奉昌，怪底专生在韩国?!

* 首刊于《世界月报》(上海)第2期,1932年9月,署名傲公;复刊于《社会月报》(上海)第1卷第9期,纪念爱国诗人王敖溪特辑,1935年6月15日,《啼鹃集》。

* 傲公,指王敖溪,介绍见第133页。

挽李壮士

王敖溪

男儿若个不英雄，只恐甘作可怜虫。
荆轲豪气贯白虹，天亦助以萧萧风。
一击虽未成大功，五步之血千秋红。
韩人自古不凡庸，杀贼岂止沧沧公。
前有重根诛元凶，今有壮士更如龙。
只身潜入东京东，直抵豺虎大队中。
豺虎狂吼耳欲聋，贼魁气焰尤匈匈。
霹雳一弹天下空，蓬莱仙人亦动容。
贼魁颤声呼苍穹，两眼昏黑逃回宫。
豺虎四出任横纵，空中飞鸟逃无踪。
壮士屹然怒发冲，弹尽折刀犹冲锋。
大呼大韩祖若宗，愧我任务未完工。
豺虎张牙撄其胸，仍呼杀贼与效忠。
一朝被困入樊笼，只有双目送飞鸿。
欲托飞鸿表寸衷，告我同胞勿疏慵。
人人仗剑来相从，贼魁力大力亦穷。
一阵秋风送丧钟，报道壮士命运终。
想见碧血溅九重，化作火山最高峰。
壮士精神万古同，春为红树秋丹枫。

* 刊于《社会月报》(上海)第 1 卷第 9 期，纪念爱国诗人王敖溪特辑，1935 年 6 月 15 日，《啼鹃集》。

* 作者介绍见第 133 页。

韩人刺日皇有感

朱右白

九日报载，韩人李凤章（因当时报纸将李奉昌误记为李凤章，故作者亦误记如此——编著者），狙击日皇，误中副车，引起日内阁总辞职事，不禁有感！

韩亡空见博浪沙，一击依然中副车；
自是神明真贵胄，顾应媿死老中华！
三韩往事应非赊，四顾河山剩几些？
不幸祖龙犹未死，请看祸水遍天涯。

* 载于朱右白：《鲁阳集》，上海：女子书店，1932 年。

* 朱右白（1898—1961），名广福，又名光溥，字右白，以字行，江苏泰兴人。自幼喜读古诗文，曾先后就读于金陵一中、金陵大学、天津工专等学校。1926 年考入清华大学国学研究院，师从梁启超，攻读儒家哲学。1927 年毕业后在上海商务印书馆所属东方图书馆从事编纂工作，后又在南京中央大学、南京中央图书馆等处任职。中华人民共和国建立后，在福建省图书馆从事编纂工作，后又被调至水利部水利科学研究院从事水利史的研究工作。著有《鲁阳集》《中国诗的新途径》《诗国梦游记》等。

吊韩义士李奉昌

侯学富

义士，朝鲜人，少有大志。既长，痛祖国沦丧，日夜思谋恢复。恒于朝鲜内地，密结同志，以图壮举。卒因倭寇防范綦严，终未得逞。义士知势不可为，益愤不欲生。乃于一九三二年六月（一九三二年一月之误——编著者），乘日本举行大操之际，密挟炸弹，往刺日皇。弹发，而日皇不中，义士旋亦被逮。是年十月十日，就义于东京，年三十三。赞曰：

韩国有义士，李姓名奉昌。
树立壮夫志，欲效张子房。
日思复故国，重将旧仪光。
韬迹残山间，乘时欲奋扬。
所谋既不遂，日夜增彷徨。
密挟千斤椎，蓄意铲獠皇。
慷慨别故人，浩然赴扶桑。
一击不复中，惜哉身此戕。
义声遍宇内，闻者为悲伤。

＊刊于《大侠魂（南京）》第3卷第1—2期合刊，1934年3月30日。

＊侯学富，生卒年不详，江苏南京人。早年家境贫困，受同乡张皋之等人赞助完成学业，后任中央大学教师。抗战期间进行爱国宣

传，主张积极对日作战。1931 年至 1935 年间，在《中央日报》《大侠魂》《新生活周刊》《评论之评论》等报刊发表十余篇文章，如《战与和》《立国之精神》《对日问题》《论士风》等。

无题

茗隐

北望河山黯战尘，弥天孤愤说椎秦。

剧怜对泣新亭日，不及扶余尚有人。

*载于王蘧常：《国耻诗话》，上海：新纪元出版社，1947年。此诗作于1932年。

*茗隐，指钱仲联。钱仲联（1908—2003），名萼孙，字仲联，号梦茗，又号茗隐、知止斋主等，中年后以字行，江苏常熟人。家学渊源深厚，1926年毕业于无锡国学专修馆，后任上海大夏大学讲师、教授。1934年任无锡国学专修学校教授，全面抗战爆发后随学校迁往广西。后在无锡国学专修学校沪校、中央大学等学校任教。中华人民共和国成立后，先后在张家港的沙洲中学、扬州行政干部学校任教，1957年任南京师范大学教授，次年调入江苏师范学院（今苏州大学），任中国文学系古典文学教研室主任。主持编纂《清诗纪事》，著有《人境庐诗草笺注》《梦茗庵诗话》《梦茗庵诗词》等。

义士行一　咏李奉昌义士东京炸案

老梅

倭人并韩违公理，白袷遗民怀愤耻。
天教义士产龙山，厥名奉昌厥姓李。
伤哉家贫幼失学，恒为饥寒所驱使。
王孙困苦乞为奴，丑辱包羞裂双眦。
壮岁孑身走瀛东，欲入虎穴得虎子。
大似项羽观秦皇，秘语人曰彼可取。
蕴藏异志苦无机，豹隐龙潜居名市。
生平好酒不好色，倭姬攀缘拒彼美。
破浪乘风来沪滨，飘泊一身靡定址。
化名木下无人知，同胞该会加仇视。
子房报韩智勇兼，独于沧海得壮士。
博浪椎秦功未成，天地皆为震动矣。
义士行踪略与同，且同荆轲别易水。
临歧羞作儿女泣，此行事济应心喜。
东渡途径观音祠，戏抽神签卜动止。
射鹿乘箭语分明，晚晖落日足相拟。
樱田一掷倭皇惊，惜哉误中副车耳。
义士对簿慨自承，敌曹妄讯遭斥指。
我以汝皇为对手，汝辈何得加无理。

断头台上呼独立，气化长虹神不死。
山崩钟应何奇特，柿梁有人能继起。
虹口一举歼渠魁，快意当场莫与比。
漫将成败论英雄，义声震荡无彼此。
奉昌奉吉两男儿，大名永垂韩新史。

* 刊于《光复》(西安)第1卷第4期，1941年6月20日。《光复》为韩国光复军总司令部政训处创办的机关刊物。

* 老梅，指景梅九。景梅九(1882—1961)，名定成，字梅九，笔名老梅、灭奴又一人，晚号无碍居士，山西安邑(今属运城市盐湖区)人。早年就读于太原的晋阳书院、山西大学堂。1902年赴日留学，其间加入同盟会，任山西分会评议部部长。1908年归国后在陕西高等学堂任教，参与组建同盟会陕西分会，加入南社。1911年在北京编辑出版《国风日报》，任社长。辛亥革命后任山西省稽勋局局长，1913年被选为首届国会众议院议员。后宣传无政府主义，推广世界语。1920年申圭植在上海创办《震坛》周报时，景梅九曾为该刊撰写祝词，并在该刊发表《为韩国近事正告国人》，呼吁国人对韩国人民“勉尽扶持援助之责”。抗战期间在西安任《国风日报》社长，宣传抗日。中华人民共和国成立后任陕西省政协委员、陕西省文史研究馆馆员。著有《〈石头记〉真谛》等。

尹奉吉篇

尹奉吉的一弹

国魂

尹奉吉的一弹，可以胜过日本所有的武力；

尹奉吉的一弹，可作全世界列强的警钟；

尹奉吉的一弹，可代表被压迫民族的一切武力；

尹奉吉的一弹，是全世界弱小民族愤气的结晶；

尹奉吉的一弹，是全世界历史上的一盏明灯，万古不灭；

尹奉吉的一弹，是医治列强侵略病的良剂；

尹奉吉的一弹，是为十九路军增加的生力军；

尹奉吉的一弹，是给日本军阀饮的一服清凉剂；

尹奉吉的一弹，是被压迫民族革命的先声；

尹奉吉的一弹，是全韩国人民的出气管。

* 刊于《大晶报》(上海)1932 年 5 月 2 日第 2 版。

* 作者待考。

炸弹

杰

轰…………!

只这一声，如万雷齐鸣，

如地陷天崩，

歇浦滩头的一颗炸弹

震动得三岛摇摇，骄烈的气焰压消；

震动了三韩国民的心灵，个个浮起苦笑；

震惊了我四万万的同胞，觉得意气飘摇；

震惊了四大部洲的全人类，一致把惊愕的目光向这里瞧，

哈！ 惊个什么？ 瞧个什么？

这里仅仅爆发一颗炸弹，

炸坏了几个罪犯——

重光，野村，川端，村井，植田与白川，

告诉你罢： 这仅是一段事实的开端。

值不得如同白日见鬼，眼花缭乱，

要知道，朝鲜的国民

“个个都是炸弹！ 个个都会爆发！”

这一次又算得了甚吗！

不过，那惟一的事实

仅是这颗炸弹，震醒了梦中不安的安重根，
他抬起失望与惊讶的目光来看：
喝，那边又来了一个同志，
这是第二个安烈士！

写于五月一日晨，热血沸腾时

* 刊于《平西报》(北平)1932年5月3日第3版。

* 作者待考。

博浪沙中又一椎（辘轳体）

克明

博浪沙中又一椎，亡秦三户楚人悲，
天诛暴日当知悔，面目伤残归不归。

荆卿未遂屠秦愿，博浪沙中又一椎，
莫谓天长堪庆祝，倭皇从此合知非。

闻道当年安刺伊，国仇已报死如归，
非同力士千金价，博浪沙中又一椎。

* 刊于《南京晚报》1932 年 5 月 7 日第 2 版。

* 作者待考。

只是一瞥

杰

一股浩荡的罡气，
忽地冲击我底心灵；
一股不可思议的魅力，
鼓励我底热情，
心灵跳动得如此殷勤，
热情澎湃得如此充赢，
啊，只是一瞥，
石破惊天！

＊刊于《平西报》1932年5月17日第3版，其落款为“一九三二.四.廿九”，与《炸弹》（见第198至199页）一诗的作者应属同一人。

＊作者待考。

沪炸案大韩尹奉吉烈士赞词

佚名

国于内宇，民气为先，
民气一萎，国弱种孱。
大韩建立，箕子之诞，
不幸被残，祀焉卒斩。
国魂不死，烈士继产，
前仆后续，蹈危如甘。
留侯之椎，荆卿之剑，
快哉一掷，忻慕无涯。

*首刊于《西北新闻日报》1932 年 5 月 24 日第 2 版，复刊于《西北文化日报》1932 年 6 月 7 日第 4 版。

*作者待考。

公园炸弹歌

头皮断送生

四月二十九日岛国天长节，海上倭奴庆贺热。

官民结合到公园，海陆两军大检阅。

旌旗猎猎影翻风，剑戟森森光耀雪。

文官武将齐参加，司令台中鹓序列。

为祝天皇典礼隆，谁不兴高又采烈。

维时公使名重光，站立台前恣演说。

指天画地口悬河，诵德歌功莲灿舌。

忽然巨响破空来，宛比山崩与地裂。

可怜台上众名流，一齐翻身元宝跌。

是谁炸弹寻开心，致使群公大流血。

白川大将首当冲，遍体深嵌炸弹屑。

野村左目已丧明，手术施时眸子抉。

植田脚腿创非轻，将来难免成跛蹩。

重光公使血流多，尊足须劳医士截。

就中更有河端贞，未到中宵成永诀。

如斯巨变异寻常，满场空气顿恶劣。

军士齐将凶手擒，不费吹灰如瓮鳖。

凶手言为韩国人，当年曾为倭奴灭。

亡国深仇耿在心，此举聊将孤愤泄。

于今被捉更何言，要杀要剖任裁决。
吁嗟韩亡已多年，复仇依然心念切。
不辞赤手入龙潭，竟敢单身赴虎穴。
拼此昂藏七尺躯，胜他犀利千斤铁。
昔日留侯博浪椎，同兹一弹成双绝。
英风豪气壮山河，信是今世人中杰。
我因有感赋长歌，长歌赋罢心凄咽。

* 初刊于《上海报》1932 年 5 月 26 日第 4 版，署名“头皮断送生”，又见于霹雳生编：《上海抗日血战丛刊续集》，军事政治新闻社，1932 年 7 月，无署名。

* 作者待考。

白川死

养疾

连日争传白川死，究曾死得白川无。

将军日字出头白，白死偿吾白骨枯。

时报频载白川已死，至昨日果成事实。白川来沪后，凡三传其死，乃终不免白骨枯也。

* 刊于《东方日报》(上海)1932年5月27日第4版。

* 作者待考。

一颗炸弹

何文玉女士

一颗炸弹小小的圆圆的，
握在掌心，藏在袋中，
圆滑得可爱，暴烈得怕人。

一颗炸弹小小的圆圆的，
能拯救人民的痛苦，
能铲除残暴的政客，
为社会谋幸福，
替国家争荣耀！

弱者为你而勇敢，
壮者因你而凯旋。
啊！
仁慈而可爱的炸弹，
神秘不可思议的炸弹。
……

* 刊于《铁鸟》(上海)第2期，1932年5月29日，第5页。

* 作者生平不详。

壮士行

友苓

风尘澒洞天地昏，我为鱼肉人为俎。
稀冲豕突扶藩篱，赤县将与印韩伍。
戴发含齿血气伦，金瓯既缺岂忍睹。
风景不殊山河异，豆在釜中不堪煮。
谁能毁家纾国难，孝侯斩蛟擒猛虎。
一洗东亚病夫羞，濯我中华干净土。
吁嗟同胞四万万，桑梓将为人园圃。
邦昌刘豫屈膝降，炉火之上怜臭乳。
桃笙葵扇宁久长，有时东市负钻斧。
败类甘作辕下驹，小朝廷上如蝇聚。
大同傀儡暂登场，一刹那间被宰剖。
是真叔宝无心肝，不自悔祸忘其祖。
大错今已铸六州，庸流滚滚安足数。
亡韩竟有奇男子，阅兵台前奋神武。
一击成名天壤间，有惭中华号天府。
笑煞易水壮士歌，图穷匕见空绕柱。
而今谁继壮士行，同留英名传万古。

* 刊于《津浦铁路月刊》第 2 卷第 4—5 期合刊，1932 年 5

月 31 日。

＊友苓(1877—1953),原名冯家蕡,字家屿,号香来,也称香叔公,祖籍浙江宁波慈城镇,是当代著名作家冯骥才的祖父。祖上从事药材生意,是一方巨贾。自其祖父始,冯氏家族对科举产生兴趣,其祖父冯汝霆、父亲冯可铣均为国子监生员。自小资质聪慧,父母早亡,少年气盛,16 岁孤身一人来到天津,在天津有名的隆昌海味店做学徒。曾赴辽东一带经商,1928 年和王品南在天津法租界合创了福禄林中西大饭店,在天津享有一定名望。虽为商人,但吟诗作词信手拈来,在《益世报(天津)》发表《杂咏绝句十首》等诗歌散文。

赠尹奉吉义士

敖溪

屹然数贼头

韩灭张良在，秦王总小儿。
问他三两岛，能敌许多椎。
有血催花发，无颜叹黍离。
萧萧风雨里，一马向虾夷。

万斛英雄血，铸成铁一丸。
只知填海去，漫道撼山难。
恨杀天长篇，怕着黄浦滩。
低头红日下，猛忆重根安。

只身临虎穴，含笑对群囚。
一击天为动，诸凶命半休。
非能荡倭寇，聊以报韩仇。
万马营中立，屹然数贼头。

男儿何惜死，死要鬼神惊。
碧血终须洒，素心幸已明。
一身拼众寇，几许计三生。

偶过春江上，犹闻怒吼声。

＊首刊于《一八社刊》(上海)第2期,1932年5月,再刊于《社会月报》(上海)第1卷第9期,该期为纪念爱国诗人王敖溪先生特辑,1935年6月15日,《啼鹃集》。

＊敖溪,指王敖溪,介绍见第133页。

无题

茗隐

拼掷头颅歼厥渠，勇哉烈士震夫余。
鸱张竟饮刃三尺，豕负空还鬼一车。
天下慕声同郭解，炙中置匕笑专诸。
东风不兢从今始，万事乘除问太虚。

* 载于王蘧常：《国耻诗话》，上海：新纪元出版社，1947年。据此著，“和约成，虏酋白川、野村、重光葵等庆功于上海虹口公园。韩人某，突发炸弹，白川破腹死（有误，当时破腹而死者为上海日本居留民团行政委员长河端贞次，白川于5月26日死于医院——编著者），野村、重光等皆剧伤，与李奉昌事，后先辉映。余方饭，为拍案狂喜。邻娃某，知爱国，强挟余起舞。茗隐适至，余趣其为诗，立成一律……”按白川死讯最早传出是在1932年5月24日，故此诗应作于1932年5月。

* 茗隐，指钱仲联，介绍见第189页。

献给韩国的志士

沈月溶

你这东方的勇士哟!

你这亡过国的大韩遗民!

你看见你们的同胞受猛虎的噬吞,

你看见你们的祖国沉沦,

你不忍看你的国内豺虎横行,

你不忍听你们同胞哀痛的呼声。

你是具有刚毅的烈性,

你是具有火一般的先烈的遗型。

为着拯救你们可怜的同胞,

早忘记了你自己的生存,

你是具有牺牲一切的决心!

现在中国已经受你的仇敌蹂凌。

看啊!

繁华的春申江上,

凄冷的鸭绿江边,

只看见炮弹横飞,毒烟迷满了青天。

有多少精美的房屋,珍贵的物产,

都付与无情的炮弹。

有多少中国纯良的百姓，
都做了炮灰之下的冤魂。
怕只怕这古国的前途，
也要赴你们的后尘？

你不忍昔日抚养你们的古邦，
遭遇这些残暴的凶猛的虎狼。
更不忍你们故国的同胞，
永远的在帝国主义的蹄下哀号。
活该帝国主义爪牙的末日来到，
在虹口公园里面，中了你炸弹的臣伤，
使敌人心胆都寒！
你完成了你伟大的使命，
已引起全世界被压迫民众的震惊。
你的名字将与日月般的万古常存！

可是真不幸呵！
现在你已失去了生存的自由，
在那惨酷的铁窗里面做一个待毙的罪囚。
假使有一天你遭了他们的毒手，
我再来为你唱哀悼之歌。
假使有一天我到了你的死地，
我将携着花圈来拜吊你悲壮的荒郊！

一九三二，五，十。

* 刊于《安徽学生》(安庆)第 1 卷第 1 期,1932 年 6 月 5 日。

* 沈月溶,安徽的大学生,其他生平不详。

虹口公园感赋

徐苑

三旬海上苦连兵，误国终输城下盟。
故垒分尸余狗盗，新都移鼎失鸡鸣。
南来纵有隆中葛，西入谁为殿上荆。
太息九州同铸错，海东何日翦长鲸。

*刊于《申报》1932年6月20日第15版。复刊于《唯生》周刊第1卷第9期，1932年9月5日，署名徐澄宇。亦见于《安徽大学月刊》第2卷第3期，1934年12月15日，第4页，署名徐英。

*徐苑，指徐澄宇。徐澄宇(1902—1980)，名英，字澄宇，笔名沈玉，湖北汉川人。南社社员陈家庆的丈夫。毕业于北京大学文学院、北平中国大学哲学系，曾从章太炎、黄季刚、林公铎诸先生问学。毕业后任教于上海交通大学，后历任暨南大学、大夏大学、安徽大学和中央大学教授。中华人民共和国成立后历任东吴大学、复旦大学教授，1962年受聘为上海文史馆馆员。著述有《诗经学纂要》《甲骨文理惑》《张王乐府》《天风阁诗》《徐澄宇学术论文集》等多种。

赠尹奉吉

隐庵

灭韩难灭此遗民，博浪沙中袖铁新。
革命有潮凭血汗，奋身无畏是精神。
一成会见将兴夏，三户终知可覆秦。
及汝携正同感慨，英风尸祝沪江滨。

* 刊于《枕戈》(上海)第10期，1932年6月21日。

* 隐庵，指周湘。周湘(1871—1934)，字隐庵、印侯，原籍上海县(今上海市)，1924年移居嘉定黄渡，近代画家、美术教育家。出身于书香门第，幼年即喜绘画，曾师从杨伯润、胡鼻山、吴大澂、姚梅伯等。光绪中叶曾去北京，与翁同龢相识。戊戌变法失败后流亡日本，继赴欧洲学习油画。1907年回国，在上海八仙桥创办布景画传习所，后又办中西画函授学堂。1918年创办《中华美术报》，翌年与丰子恺、欧阳予倩等组织中华美育会，出版《美育杂志》。1925年，在圣约翰大学教授美育、外语等。著有《周湘山水画谱》。

尹奉吉

常法素

炸弹，炸弹，干干干！
拼着我们的热血，
紧握着我们的炸弹，
像高丽人一样的勇敢，
炸死荒木，炸死本庄繁，
把帝国主义彻底推翻！

朋友！ 你还记得否：
东北的屠杀，上海的摧残？
在那不抵抗的声中，
在那劳苦大众流血的当前，
倒反来了个国破家亡的尹奉吉，
将压迫他的敌人炸死一团！

朋友！ 快握着炸弹，
莫再苟且偷安！
看帝国主义已杀到我们的眼前！

* 刊于《安徽学生》第1卷第2期，1932年7月5日。

* 常法素，应为安徽省立第五女子中学初中二年级学生，该校设立于安徽阜阳。

后韩侠行

星六

犬羊视人倭自虎，肉骨嚼残爪牙舞。

虹口白虹一气贯，怪日耸谈星期五。（报载日人被刺凡数十起，皆星期五日）

狙击初奋安重根，谁其的者侯伊藤。

短铳下车应声仆，覆韩大惊韩有人。

仇莫仇深痛失国，亡命秘多策独立。（报载韩谋独立组合爱国团多志士）

廿年败谋捕戕尽，天又顶出尹奉吉。

尹生气壮何桀雄，快人肝胆古侠风。

死必殉烈胜奴死，喷血要洗红轮红。（报载尹少有神童目，性烈喜斗，愤日人侵夺其国，计决复韩仇）

辽师不战沪军却，天皇威庆臣张乐。

腾腾万岁嵩呼中，炸地暴雷半空落。

沙石飞走白日昏，马沸车乱高台倾。

翘须冠剑诸将贵，迷离颠倒躯横陈。

破皮断骨人灰色，薄创呻苦垂光绝。（报载日军政要人庆祝日皇天长节于虹口公园，炸弹爆发，河端立毙，白川、植田、重光村井、野村等十数人重伤，顷白川已告逝矣）

大搜所得駴凶手，洗衣厂工食店客。（报载尹奉吉初服青岛

某日人洗衣厂，后入虹口某食物店）

国自为重身为轻，狱词琅琅无遁情。

行一丸直抵兵十万，潮头倒翻东海横。（报载尹供掷弹目的在宣扬韩国独立并惩戒日军阀侵掠行为，又刺日皇之李奉昌亦韩爱国团人）

壮矣哉！　枪眼识人弹生翅。

一回愤进一精锐，争不自由死不休。

名士新亭对之无乃寡，生气放歌莽招要离魂，

马佣狗屠酣一醉。

* 刊于《汉口新闻报》1932 年 7 月 8 日第 1 版，《晚秋堂诗词选》也收录有此诗，见丘陵、张应和、周平波选注：《晚秋堂诗词选》，岳麓书社，1992 年。

* 星六，指田星奎，介绍见第 136 页。

挽东洋三巨头

佚名

银幕明灯识此君，孙陵礼拜意殷殷。

芳名误被华人解，“狗养”声声不雅闻。（犬养毅）

总理奉安影片中曾见狗头一面。

老去将军不挂冠，凛然威武入寒云。

万家爆竹曾何益，输于安郎一弹丸。（白川）

丈夫不惜作流氓，领袖尊称号浪人。

无奈浪人终浪死，植田老是童男身。（河端）

* 刊于霹雳生编：《上海抗日血战丛刊续集》，军事政治新闻社，1932年7月。

编著者按，尹奉吉义举时，犬养毅时任日本首相。

* 作者待考。

池鱼

佚名

复韩已把国仇锄，帝国尊严恨未舒。
不是株连便是杀，亡民又累作池鱼。

日要人炸伤后，日方以凶手为韩人，故连日在法租界大事搜捕，致韩人无辜捕搜者甚多，并有生命之忧。国亡家破，又遭池鱼，是亦足见日之量狭行恶也。

*刊于霹雳生编：《上海抗日血战丛刊续集》，军事政治新闻社，1932年7月。

*作者待考。

时事小吟

忆

登台铁血横飞弹，隔座金钱借作镖。

一例呻吟旬日内，浦江弥望雨萧萧。

虹口公园之狙击方闻，郭次长宅之打手又见，不图同种同文之敌，乃有共患共难之事焉。（指5月3日上午上海民众因反对签署中日停战协定而殴打时任外交部次长郭泰祺事——编著者）

* 刊于霹雳生编：《上海抗日血战丛刊续集》，军事政治新闻社，1932年7月。

* 作者待考。

博浪椎

佚名

耀武阅兵靶子场，更逢令节视天长。

博浪一击群丧胆，韩人争说是张良。

四月廿九，为日人之天长节，日方军政要人，各莅靶子场庆祝，兼以阅兵。讵知各要人方在演说之间，不期轰然一声，炸伤竟达十人之多。闻凶手为韩人尹(奉)吉，以身遭亡国之痛，俟之有日，今得此机会，竟亦作博浪之一击，然亦惨矣。

＊刊于霹雳生编：《上海抗日血战丛刊续集》，军事政治新闻社，1932 年 7 月。

＊作者待考。

白川死

佚名

死讯频频说白川，未曾登陆已先传。

如今果到黄泉路，爆竹方知不枉然。

沪战时，白川率兵浏河登陆，杨林口一役，我方咸传其死，于是大放爆竹，以志庆祝，及后炸伤，更频频传其死耗，今果以死闻焉。

* 刊于霹雳生编：《上海抗日血战丛刊续集》，军事政治新闻社，1932 年 7 月。

* 作者待考。

病床签字

佚名

日人究竟不荒唐，会已成功岂可僵。
虽在病床可签字，外交先例是重光。

重光被炸伤后，日人以停战会议签字手续，不妨可由重光病床上签定，是知日人于此会所获甚大，故其情词之迫切如此。

* 刊于霹雳生编：《上海抗日血战丛刊续集》，军事政治新闻社，1932年7月。

* 作者待考。

奉吉

敖溪

可怜奉吉付东洋，犹对敌人笑语将。
见说虹园狙击案，韩张良笑汉张良。

韩人尹奉吉慷慨助国人杀贼，虹园之炸弹一声，令当局闻之愧死也。

* 刊于《社会月报》第 1 卷第 9 期，纪念爱国诗人王敖溪特辑，1935 年 6 月 15 日，《哭笑集》。

* 敖溪，指王敖溪，介绍见第 133 页。

尹奉吉

丁丁

尹奉吉！　你不是朝鲜人，
你不是朝鲜的一个战士；
呀！　你是世界上的人，
你是被压迫阶级的战士！

尹奉吉！　勇敢的尹奉吉！
你造成了人类革命的奇迹！
你一个炸弹的抛掷，
震动了全世界革命的怒潮！

你为了被压迫的民族，
你为了被侵略的阶级；
你炸的是资本帝国主义者，
你炸的是压迫阶级的鹰犬！

那炸弹爆炸的庞大声浪，
震惊了痴迷着的资本家；
那炸弹爆炸的庞大声浪，
激醒了沉湎着的劳动者。

那炸弹爆炸的庞大声浪，
将永远在地球的气圈中震荡！
这伟大的革命的奇迹，
将永远是人类史上灿烂的一页！

尹奉吉！ 你不是朝鲜人，
你不是朝鲜的一个战士；
呀！ 你是世界上的人，
你是被压迫阶级的战士！

* 刊于《洁茜》(上海)第1卷第2期，1932年9月15日。

* 丁丁，指丁嘉树。丁嘉树(1907—1990)，曾用名丁森、丁雨林，笔名丁丁、林梵、凌云等，上海人。1925年入读上海大学中文系，毕业后曾任大学教授、报馆主笔、总编辑等。1932年参与组织“洁茜社”，出版文艺刊物《洁茜》半月刊，任主编。1949年移住香港，1956年赴马来西亚，在太平华联中学任教。后返港，继续从事文化工作。著有小说《浪漫的恋爱故事》《狱中的玫瑰》，诗集《红叶》《我俩的心》等。

给朝鲜的志士们

秋涛

啊！ 朝鲜的志士们！
你们熟睡着多时了，
你们过去的光荣呢？
难道就永远沉默着吗？

啊！ 朝鲜的志士们！
箕子在地下哭了，
安烈士是死不瞑目的。
难道你们就永远沉默着吗？

时代已逼迫着我们起来举动了。
要是你们还留着汹涌的热潮，
不要旁观着弟兄们在铁蹄下哀号，
你们应该拿出所有的力量起来搏斗了！

鸭绿江上已掀起怨苦的悲涛，
快把鲜血反映出民族的光耀。
同运命的弟兄们哟！
我们的时代来了！

* 刊于《西北文化日报》1932 年 11 月 1 日第 5 版。

* 秋涛，指王平陵。王平陵(1898—1964)，原名王仰嵩，笔名西冷、史痕、秋涛、草莱、疾风等，江苏溧阳人。幼受家庭教育，小学毕业后考入杭州的浙江省立第一师范学校。毕业后先后任教于沈阳美术学校、溧阳县立中学、南京美术专科学校。1924 年，任《时事新报》(上海)副刊《学灯》主编，1928 年任上海暨南大学教授，后主编《中央日报》副刊《大道》与《清白》，1930 年在上海主编《文艺月刊》。抗战爆发后，参与组织中华全国文艺界抗敌协会，并任常务理事，曾在重庆任《扫荡报》编辑。抗战胜利后留在重庆，任教于巴蜀中学，1949 年迁居台湾。著有《狮子吼》《茫茫夜》《卅年文坛沧桑录》等 20 余种。

虹口炸案感怀

徐际恒久成

沙椎一击万方惊，郁郁箕封气更生。

岂为私恩同聂政，端因国难重荆卿。

亡秦大敌终三户，兴夏英君仗一成。

寄语东邻侵略者，不祥自古是佳兵。

* 首刊于《大公报》(天津)1932年12月12日第8版;复刊于《国风(南京)》半月刊第2卷第3期,1933年2月1日,署名徐际恒;又刊于《军事杂志(南京)》第50期,1933年2月1日,署名亦为徐际恒。

* 徐际恒久成,指徐际恒。徐际恒(1872—1933),字久成,四川万县(今重庆市万州区)人。出生于官宦之家,曾中秀才。1917年当选中华民国国会众议院议员,提出"宪法草案第六十六条修正案"。1922年第一次直奉战争,直系曹锟、吴佩孚控制中央政府,提出"恢复法统",于8月1日重新恢复老国会,遂任中华民国国会众议院议员。1923年曾参与北京孔教大学的筹备事宜。著有《艮斋诗稿》。

风沙集之韩义士歌

王越

民国二十一年四月二十九日，为日本天长节，日人庆祝沪战获胜，在上海领事馆招待外宾并在虹口公园阅兵。韩国志士尹奉吉，于阅兵台前掷炸弹，炸伤日本领事重光葵（有误，时重光葵任驻华公使——编著者）等多人，海军大将白川（有误，白川即白川义则，实为陆军大将——编著者）、民团委员长川端（有误，应为河端，即河端贞次——编著者）伤重旋死。尹奉吉当场被捕，卒于是年十二月十九日在日本金泽刑务所为日人执行枪毙，年二十五岁。——原编者增注

黑面岛夷起扶桑，卅年变法称陆梁。

长蛇北走巨口张，肆吞三韩饱其囊。

贪戾魔心犹未已，铁骑汹汹渡辽水。

蒙冲海舰压江南，钞掠无殊乃祖妣。

天长嵩祝更狂欢，旭旗纷飘春申滩。

屐痕杂沓绿草折，群魔鱼贯拥高坛。

呀呀飞机扑天起，万头仰视白云里。

小猴拍手齐踏歌，歌声直绕机轮尾。

讵意轰然怪响来，劈空何处喧巨雷。

风云动荡园林摧，浦涛怒立千万堆。

地坼东南天晦霾，高坛俄倾成尘埃。

巨魁身首腾空飞，血花激溅胸脰开。

妇孺仓皇心胆死，木屐纷纷蹿如蚁。
儿哭呼娘妻觅夫，一片嘈声疑鼎沸。
铁骑闻风四合围，驰骤狂搜博浪椎。
义士三韩尹奉吉，怒持一弹犹未掷。

* 首刊于《大公报(天津)》1932年12月12日第8版，复刊于《学衡》第77期，1932年12月。初发表时无编者注，复刊于《学衡》时编辑者略加数语，说明尹奉吉义举。

* 王越(1903—2011)，字士略，广东梅县(今梅州市梅县区)人，著名古典文学家，诗人。1926年毕业于南京东南大学，后在梅县师范学校、兴宁兴民中学、潮州金山中学等校任教。1930年至1932年先后在燕京大学研究院、北京大学国学研究所深造。1932年夏出版诗集《风沙集》。后曾任中山大学、广东文理学院副教授，湖南蓝田师院教授。中华人民共和国建立后，先后任中山大学教务长、华南师范学院革委会副主任、暨南大学副校长、广东省政协副主席等职。著有《教学原理》《南楼诗抄》《桑榆集》等，合作编写《中国古代教育史》《中国近代教育史》等。

爆发的火花：献给尹奉吉同志

李友邦

哦，奉吉：
去年的今日，今日的去年，
在一间狭小的亭子间里，
你紧握了我的手；
盟誓着愿为革命事业而牺牲！
你那猛鸷的眼睛，
包含着无限度的悲愤；
你那刚毅的神情，
表示着大无畏的精神。
你颤声地说：
“唯有爆发的火花，
可使我们的敌人胆裂心震；
唯有爆发的火花，
才能冲破帝国主义的营阵；
同志们！ 同志们！
我愿做你们的导火线！”

天长节的前夜，
你毅然接受了党的密令，

怀藏着炸弹两枚，
徘徊于恶魔们的附近，
静待着机会的来临。
警笛一鸣，你的炸弹发了，
虽未能达到完全的目的，
已足够使倭奴胆战心惊！
你那刚毅的态度始终一贯，
你不因敌人的残刑屈服，
更不因敌人的毒拷而灰心！
唉，你言行一致的革命者呀！
我钦佩你到万分！
在不久的将来，
务使爆发的火花重现在倭奴之前，
直到我生命的最后一日，
我决不抛弃这个义务与责任！

* 刊于《循环》第 2 卷第 12 期，1932 年 12 月 23 日，第 8 页。

徐柏庵在《哭尹奉吉志士》一文中称："要写一首长歌当哭的诗，来安慰安慰志士的英灵，但情绪激越得很，静不下来。说不写，又好像对不起这新死的英魂！好了，我记起了一首现成的诗，是一位朝鲜朋友李友邦的，他曾附了长信托我发表在一个小刊物上。"徐柏庵这里的记述有误。李友邦出生于中国台湾。[见《李友邦组台湾义勇队》，《神州日报》(上海)1940 年 3 月 31 日第 2 版]。

* 李友邦，出生于中国台湾。曾参加广东讲武堂，组织台湾革命党。抗战期间，组织台湾义勇军，积极抗战。

虹口公园感事作

序生

陈兵据淞沪，戎首何鸱张。
今日是何日，有节号天长。
啸呼聚族类，简阅事戎行。
何来雷一声，相顾各仓黄。
将臣与使臣，纷作阵马僵。
裂胸并折足，破腹更流肠。
白虹为贯日，一震倾扶桑。
舁而畀诸归，医曰命无伤。
汝命纵无伤，汝魄今已亡。
天道往必复，人怒未可当。

三韩大有人，此仆彼继起。
昔有安重根，一击伊藤死。
壮哉李奉昌，事败名不毁。
尹君今急仇，快事无与比。
弹落天雨血，一网尽在此。
中有海上鲸，中有辽东豕。
僵仆相枕藉，顾视一莞尔。
就义更从容，百死终不悔。

子房昔救韩，千古相媲美。
国土虽可亡，国仇终不解。
安能事猪倭，束缚供鞭捶。

有寇在东垣，国人惧不国。
守将誓以死，敢曰战不力。
我力虽不侔，我师壮以直。
苦战历三旬，敌众亦屡北。
援师来较迟，前功弃顷刻。
淞浏半贼垒，天险尽资敌。
军合力不齐，何以御外逼。
韩人不胜愤，为我挺一击。
诸酋被重创，战士失部勒。
我殊愧韩人，假手毕斯役。

* 刊于《武汉日报》1932 年 12 月 24 日第 10 版。

* 作者待考。

九一八纪念日志　感四首之尹奉吉

沈卓然

奋身慷慨报韩仇，一弹重创数巨头。
却笑荆卿浑未了，芳踪应比汉留侯。

* 刊于《学生文艺丛刊》第 7 卷第 3 期，1932 年 12 月。

* 作者生平不详。

侠士行

华钟彦

男儿生不能备身王门执金吾，
又谁能卑身甘为虏作奴？
短文揖客出门去，宝剑千金醉后呼。
行行路出江南道，十万胡儿身手好。
铁血春红陌上花，鬼磷夜碧江边草。
虏帅大纛号嫖姚，百战归来马正骄。
山岳欲崩天色变，长虹贯日风萧萧。
布衣怒，三五步，事成不成非所顾。
霹雳一声江水立，乾坤漫漫迷烟雾。
报韩争说博浪沙，击之不中羞还家。
拼将一颈孤臣血，开作千年帝子花。

日本白川大将在上海阅兵，朝鲜人尹奉吉刺杀之，盖亦滨江侠士安重根之流亚，以报亡韩之恨者，时在“九·一八事变”之后，诗以志慨。

* 刊于上海诗词学会“诗选”编委会编：《上海近百年诗词选》，上海：百家出版社，1996年。此诗作于1932年。

* 华钟彦(1906—1988)，名连圃，辽宁沈阳人。1930年毕业于东北大学，1933年毕业于北京大学国文系，曾师从高亨、钱玄同、俞平伯等，后历任天津女师学院、京华美术学院、东北师范大学、东北

大学等校教授。中华人民共和国成立后，继任东北师范大学中文系、历史系教授，1955 年任河南师范学院（今河南大学）中文系教授。著有《花间集注》《戏曲丛谭》《中国历史文选》等，诗词集为《蒔蘅吟馆诗词》。

虹口园炸弹歌

弹赫

一震之威至于此，六人伤重一人死。
夺吾奉吉奉吉来，好还天道可知矣。
国联失箸天皇惊，炸弹有眼有公理。

* 刊于《军事杂志》(南京)第 59 期，1933 年 11 月。

* 作者待考。

闻上海韩人投掷炸弹事旧作

瘦冰

一声霹雳起韩人，壮志应知身□神。
愿与偕亡能丧日，虽云误中已动鬼。
姓名足耀千秋史，刑律难加百练惩。
莫笑蚍蜉难撼树，会看三户仆强邻。

*刊于《协大学生》(福州)第9期，1933年。

*瘦冰，指郭毓麟。郭毓麟(1913—1996)，字麒生、浴菱，笔名瘦冰、逸尘，福建福安人。曾就读福建协和大学文学院中文系，肄业后曾任中学教师、校长。后任福建协和大学(今福建师范大学、福建农业大学主要前身之一)讲师、副教授，参与编写《汉语大词典》，任《汉语大词典》福建省编委会委员、主要编撰人，晚年受聘为福建省文史研究馆馆员，并曾任福州中华诗词学会副会长等职。著有《蛰庐诗稿》。

新乐府六首　其四　三韩侠

周钟岳

倭奴共庆天长节，木屐登登空巷出。
歇浦高悬旭日旗，欢呼万岁声阗溢。
中有一人汉城来，击筑萧萧易水别。
心伤高丽已沦亡，眼看侏儒眦欲裂。
赤丸一掷虏魂褫，七步之内已流血。
吁嗟乎！
前有安重根，后有尹奉吉，
甘心一死报韩仇，博浪铁椎同侠烈！

* 刊于《历代白族作家丛书 周钟岳卷》，民族出版社，2006 年。此诗作于 1933 年。

* 周钟岳(1876—1955)，字生甫，号惺庵，云南剑川人，白族。自幼刻苦自励，1903 年应癸卯科乡试，中第一名。1904 年，至日本留学。归国后曾任教员、云南都督府秘书长等。1914 年协助蔡锷赴天津秘密策划讨袁，后经韩国重赴日本，此诗即为途中所作。1919 年任云南省代省长，曾主持编纂《新纂云南省通志》等。抗战时期，历任国民政府内政部长、考试院副院长等。中华人民共和国成立后，被选为政协第一次全国委员会委员、云南文史馆馆员，1955 年病逝。著有《惺庵回顾录》《惺庵日记》《惺庵诗稿》等。

尹奉吉

冯玉祥

尹奉吉，尹奉吉，
知大体，明大义，
为民族争光，
为祖国吐气，
真是千古无比——大仁大义！
我民族，被侮欺，
不赔款，便割地，
羞辱已无比，
此耻何时已？
何不见我国之尹奉吉？
尹奉吉，在哪里？
尹奉吉，我等你。
我们竖起脊骨来去作尹奉吉！

* 载于《玉祥诗集》，自印本，1934年。

* 冯玉祥(1882—1948)，字焕章，原名基善，原籍安徽省巢县(今安徽省巢湖市)，生于直隶青县(今属河北省沧州市)。早年即投入军营，辛亥革命时，参与发动滦州起义。辛亥革命后，参加护国运动和讨伐张勋复辟的斗争。后任陕西督军，1924年发动北京政变，邀请

孙中山北上，共商国是。国民政府成立后，曾任行政院副院长兼军政部长。九一八事变后，积极抗日。抗战时期，曾任第三战区司令长官，领导和参加抗日救国斗争。抗战胜利后，赴美考察，1948年9月回国途中在黑海遇难。著有《冯玉祥回忆录》《冯玉祥诗选》等。

尹奉吉

于渐逵

含生负气滔滔是，几人能算奇男子。
倭奴鬼蜮吞朝鲜，为虎作伥蚁附羶。
转瞬前后数十年，无端辽沈遭殃及。
木丸运退全沪失，倭奴得意若发狂，一时共庆千秋节。
正在登台演说时，军政民政各分司。
电光一闪大声作，全台震动匪所思。
民政长官胆先破，尸横旷野长僵卧。
重光公使亦重伤，余子纷纷交受挫。
但见人山人海中，有人出首气如虹。
自称姓尹名奉吉，乃心祖国怀孤忠。
吁嗟乎！
金玉均为卖国贼，惟洪钟宇夺其魄。
伊藤博文虎而冠，惟安重根探其穴。
两人义气薄云霄，姓氏于今不寂寥。
吁嗟乎！
舍生效死良非易，得尹奉吉称三义。
刺客传兼游侠传，愧无椽笔为之记。

* 载于于渐逵著,虞寿勋校:《醉六斋诗集》,铅印本,1936 年。

* 作者介绍见第 155 页。

尹奉吉

孟庆风

二十一年四月二十九号，日人在沪虹口公园阅兵，忽由台下投入手榴弹，民团委员长川端(有误，应为河端，即河端贞次——编著者)，白川大将，重光公使……皆受伤。凶手当时被获，则朝鲜人尹奉吉也，年二十五，见二十一年四月三十号《大公报》。

虹口公园一声弹，中人惊惶日人乱。
□□□□或折腰，□□□□其臂断。
幸而免者尤纷纭，或则鼠窜或鸟散。
英雄此时怒未已，一弹再弹其气悍。
铁骑捉将问姓名，朝鲜尹氏谈侃侃。

人生有死固应尔！ 自杀之流何足齿？
我闻当日安重根，震动全球亦如此。
又闻少年菩灵布(塞尔维亚人，年十七，刺奥太子裴迪南大公)，屠龙屠虎如虱虮。
人言误国匹夫行，我曰匹夫不可企。
史公首书刺客传，中国史册亦有纪。
王失其贵侯失势，斯人不作天地否！
公仇私仇且莫论，我欲重编刺客史。

* 载于孟庆风:《庆风诗画册》,自印本,1936 年。

* 作者生平不详。

“一二八”五周年纪念

陶行知

一二八，日子好！
朝鲜也有大好老；
奉吉炸弹大如雷，
白川大将呜呼了。

＊刊于陶行知：《行知诗歌集》，上海：大孚出版公司，1947 年。

《“一二八”五周年纪念》为组诗，共十四首，此为其中的第十二首。此组诗作于“一·二八事变”五周年之际，即 1937 年。

＊陶行知（1891—1946）。原名文濬，后改名知行，又改行知，安徽歙县人，民主革命家、教育家。曾就读于歙县崇一学堂，后入金陵大学就读。1914 年赴美留学，入伊利诺伊大学，获政治学硕士学位。后入哥伦比亚大学，师从杜威，攻读教育学。归国后历任南京高等师范教授兼教务主任、东南大学教授等，并兼任《新教育》杂志主编，后从事民主革命和教育事业。著有《中国教育改造》《古庙敲钟录》《斋夫自由谈》《行知诗歌集》等。

朝鲜义士尹奉吉歌

陈伯君

民国二十一年淞沪之役，日军既胁我成盟，将旋师矣，乃开会祝捷于上海之六三花园。朝鲜义士尹奉吉杂会众中掷炸弹，日大将白川殪焉；日人捕得尹送之东京，年才二十八（有误，尹奉吉就义时年仅二十五岁——编著者）也。呜呼！壮哉！罗膺中曰："是可歌也！"为之歌曰：

东方封豕骄雄武，敢张巨喙涎吾土！
沪滨一战挫声威，尺地月来犹抵拒。
海上援兵络绎来，张皇四易军中主，
仍趋间道图绕攻，我方一夜潜师去。
盟成两国罢兵车，耀彼邦人夸振旅，
扬旌祝捷六三园，下驮者男襁者女，
人人携得便当至，韩人中蕴亡国怒。
白川大将卓坛中，桓桓威仪气虹吐，
重光使臣伺颜色，大小班从列如堵；
台下欢呼台上矜，此时气象若可睹。
忽然一弹从天降，砰然裂天铁飞雨。
元戎就殪使臣刖，善战服刑假手汝。
掷弹者谁？ 尹奉吉，堂堂义士好肝膂！
众中大索得其人，但觉余势犹虎虎。
有生即注僇民籍，读史凄痛心为腐。

三十年来国未复，二千万众忍终古！

炸弹藏在便当里，聂政荆卿安足数。（初次报载如此，后又谓系藏在水壶里，赝中曾为易此句及前之“人人得携便当至”一句，今亦失忆。）

拼此一掷醒国魂，男儿断头真得所！

吁嗟！义士志已酬，所贵彼邦齐奋举。

覆国奴种谁其罪？起废振绝当安处？

纵有死士逞交衢，歼一二人亦何补？

不见伊藤血已荒，韩人今日犹臣虏。

吁嗟乎！韩人今日犹臣虏！

箕子之魂今何在？义士九原双目努！

*刊于《福建民报》1941年4月13日第4版。又见于陈伯君：《双蕉草庐诗词稿》，上海：学林出版社，1987年。初刊时没有作者注，收录于此书时添加了作者注。

*陈伯君（1895—1969），名绍功，湖南湘潭人，文史学家。1920年毕业于北京大学国学门，在校时曾师从黄季刚、马叙伦等。毕业后曾任浙江大学秘书、第一战区长官司令部主任秘书等职。抗战胜利后任全国经济委员会秘书。中华人民共和国建立后任高教部马叙伦部长秘书。著有《双蕉草庐诗词稿》《阮籍集校注》等。

义士行二

咏尹奉吉义士虹口炸案

老梅

故国春风动禾黍，柿田义士独愁苦。
生成傲骨耻为奴，剖出赤心晴万古。
掉臂昂头走海滨，太极旗下誓诛虏。
一身许国不为家，力争自由与自主。
倭酋白川足趾高，排兵列阵压歇浦。
千乘万骑布森严，虹口公园亲耀武。
倭人欢笑韩人愁，义士旁窥若无睹。
悠然怀弹冲围人，阅兵台前赫如虎。
群酋戎服聚将坛，阴云弥漫日将午。
白川执杯方启唇，义士挥手投孤注。
霹雳一声天地崩，血肉横飞肢骸舞。
廿发礼炮寂不鸣，三军偃旗尽息鼓。
余众纷作鸟兽奔，渠魁碎尸无完肤。
中华男儿愧弗如，一世豪侠首为俯。
但愿化身千万亿，阴相中韩同御侮。
杀尽倭奴方罢休，金瓯无缺还吾土。
八道同仇与招魂，光复元功归一举。

* 刊于《光复》(西安)第 1 卷第 4 期,1941 年 6 月 20 日。

* 老梅,指景梅九,介绍见第 191 页。

秋夜游虹口公园

友渔未是草

虹口秋深无艳姿，当年战血染青枝。
喧宾夺主难持久，衰草离离日落时。

日落秋郊景渐昏，四周灯火照荒园。
游人已似风云散，缓步云归可解烦。

* 刊于《京沪旬刊》第 9 期，1946 年 9 月 25 日。

* 作者待考。

沪战终局大观兵式中之大悲剧

(三首)

姚伯麟

扬威耀武观兵台，海陆军官集会来。
响彻云霄博浪起，只应乐极受余哀。

沪战以列邦调停而终止后，四月二十九日，适为日本天长节，日寇欲耀武扬威，在虹口公园，举行观兵式，凡其文武官员及重要侨民，群集于席棚观兵台上，互相庆祝。韩国志士尹奉吉，携炸弹而混入，乘隙暗置于台板下。当其兴高采烈大唱《君之代》之际，砰然一声，台倒人伤，炸死白川大将，野村（海军）毁其眼，重光伤其腿，田端（日侨民会长，应为河端——编著者）裂其腹（即死），植田伤其足趾，其余轻重伤者复不少。尹志士亦被捕，解往长崎，为国捐躯，名垂不朽。而沪战竟以如此大悲剧终场。虽曰人事，岂非天讨哉。——著者原注

国歌高唱庆天长，太息天长命不长。
突兀晴天霹雳起，白川炸毙带重光。

正是兴高采烈际，无端平地一声雷。
血花四溅群魔倒，检阅台成断命台。

* 载于姚伯麟：《九一八、一二八、七七、八一三、太平洋　抗战

诗史》,上海:改造与医学社,1948年3月。

*姚伯麟(1877—1952),字鑫振,笔名鹿原学人,陕西三原人。早年在私塾和宏道书院读书,1905年赴日本留学,获医学博士。回国后任西安同仁医院院长,后迁居上海法租界,受聘于上海红十字会医院,创办《改造与医学》杂志社,任社长。1930年后复任教于上海东南医学院、生产助产专科学校,翻译和撰写多种医学著作。抗战时期发表时论文章,宣传抗日。抗战胜利后出版《九一八、一二八、七七、八一三、太平洋 抗战诗史》,收录诗作约千首。中华人民共和国成立后被聘为上海文史馆馆员。

壮烈哉，尹奉吉

（二首）

姚伯麟

韩被倭吞数十春，国亡虽久恨犹新。

义同博浪沙中击，八道于今尚有人。

可见国亡而人心不死，终有恢复之一日。

驿站风云真莫测，伊藤饮弹杳孤魂。

韩国总监伊藤博文，在哈尔滨车站被志士安重根击毙。

沪滨哈埠相辉映，同报韩仇安重根。

* 载于姚伯麟：《九一八、一二八、七七、八一三、太平洋　抗战诗史》，上海：改造与医学社，1948 年 3 月。

* 作者介绍见第 256 页。

图书在版编目(CIP)数据

民国时期关于安重根、李奉昌、尹奉吉诗歌汇编/孙科志编著. —上海：复旦大学出版社，2024.4(2024.4重印)
ISBN 978-7-309-17112-9

Ⅰ.①民… Ⅱ.①孙… Ⅲ.①诗集-中国-现代 Ⅳ.①I226

中国国家版本馆CIP数据核字(2023)第234594号

民国时期关于安重根、李奉昌、尹奉吉诗歌汇编
孙科志 编著
责任编辑/关春巧

复旦大学出版社有限公司出版发行
上海市国权路579号 邮编：200433
网址：fupnet@fudanpress.com http://www.fudanpress.com
门市零售：86-21-65102580 团体订购：86-21-65104505
出版部电话：86-21-65642845
江苏凤凰数码印务有限公司

开本890毫米×1240毫米 1/32 印张8.625 字数216千字
2024年4月第1版
2024年4月第1版第2次印刷

ISBN 978-7-309-17112-9/I · 1383
定价：60.00元
